從前，我有個姊姊。
漂亮慧黠、溫柔婉約的姊姊。
我們曾經一同歡笑，
約定一家人要永遠在一起。

從前，我有個妹妹。
可愛聰明、善解人意的妹妹
我們曾經一同歡笑，
約定一家人要永遠在一起。

我已經沒有姊姊了。
然而，那段時光的幸福
至今依然留在我心中。

我已經
沒有妹妹了。
然而，
那段時光的溫暖
至今依然留在我心中。

所以，心中想如此深信……
我——我們並不是孤身一人。

末日時在做什麼？ 異傳

黎拉・亞斯普萊

枯野 瑛 Akira Kareno illustration ue

Do you have what THE END?

Episode;Braves

黎拉・亞斯普萊

「不行，手指太用力了。
劍的狀況是透過指尖的感覺來領會，
只要輕輕觸碰就可以了。」
「喔、喔……」
「對了，我今天打算吃戚風蛋糕當點心，
威廉你可以吃
有加白蘭地的蛋糕嗎？」
「咦？喔，可以啊……」
「對了，我聽說你和黎拉是青梅竹馬，
她從以前就是那副模樣嗎？
還是發生了什麼事才變成那樣的？」
「呃，這個……」
「不行，不准鬆懈。
要好好保持左右平衡，不然會產生念瘤喔。」
「…………是……」

末日時在做什麼？異傳

Do you have what THE END?

Episode:Braves

黎拉·亞斯普萊

2

枯野瑛

Akira Kareno

illustration ue

Kadokawa Fantastic Novels

末日時在做什麼？異傳
Do you have what THE END?
Episode:Braves

黎拉·亞斯普萊

contents

「邁向終結之日」
-my fellowships-

接下來，自己這群人準備對星神挑起戰爭。

這種事可令人笑不太出來。

歷代正規勇者想必都與威猛絕倫的強敵交手過。然而，遇上的對手具有如此雄厚實力的，再怎麼說恐怕都只有第二十代正規勇者黎拉·亞斯普萊一人而已。

哈哈哈！實在是不勝光榮的一件事。

可以的話，她很想推辭不去，但她不會這麼做。因為有個傢伙叫她不要去，有個傢伙說要代替她去。而且，她知道這些話語都是出自真心實意。她篤定自己卸下重擔的話，那傢伙就會直接承接過去。

——從皇國領土邊境踏入荒野，前進半日左右。

放眼望去，大地皆染上碳灰色。類似枯樹的物體稀稀落落地散布各處，但那只是別種東西形成的結晶。

這裡不存在任何生物，是不折不扣的死亡荒野。
這片荒野的另一端應該就是決戰之地——星神所在的星船遺跡。
「好。」
黎拉雙手使勁拍了拍自己的臉頰。
要與星神艾陸可·霍克斯登一戰，必須先去其他地方壓制住守護她的三尊地神才行。
這個重責大任交給了集結起來的六名夥伴。星神的從屬神畢竟還是神，原本要以人類之軀相抗衡會顯得太過天真，不過那六人也超越了人類的範疇，應該會想辦法完成任務。
儘管她想為夥伴們祈禱平安，可祈禱的對象是敵方，況且她也不認為自己有資格這麼做。於是，她決定相信他們。相信那些傢伙一定沒問題。
（大家對我大概也是抱持相同的看法吧。）
所以，黎拉·亞斯普萊持續邁步向前。
因為大家都相信她是最強的，永遠立於不敗之地。
只不過……即使她強得這麼誇張，還是有人惦念著她的安危。
『一點也不好。』
傳來一道嗓音。

黎拉心下一驚，停住準備踏出去的腳。

她抬頭看去，發現一個類似鴿子的物體在天上飛。既然說是「類似」，即代表那並不是鴿子；而是某種不具備實體，單純由光粒子組成大致輪廓的東西。

那是幻獸，藉由咒蹟創造出來的臨時模擬生命。

『妳不覺得自己有些無情嗎，勇者大人？』

熟悉的女性嗓音透過鴿子形狀的幻獸對她說話。

「席莉爾。」

『嗯，沒錯，是我喔。妳還記得我真是萬幸啊。』

「妳好像又隨手施展了很厲害的術法，這個只能把聲音傳過來嗎？妳本人身在其他地方嗎？」

『我還在里斯提市喔。堤華納的傳送陣在送走威廉他們之後就燒燬了，其他路線正在構築中。』

什麼構築中。

傳送陣的組成原理是傳輸魔法，與席莉爾擅長的咒蹟不同，屬於另一套神祕體系。這並不是簡簡單單就能理解、學習的技術。

「妳不用那麼急著趕來，這次並沒打算帶妳去。」

『……妳不覺得自己有些無情嗎，勇者大人？』

剛才聽到的忠告又一字一句絲毫不差地傳了過來。

「可能是有些無情吧，但我認為這麼做才是對的。」

『妳是對我的實力感到不安嗎？我確實比不上坎德爾那個乳臭未乾的小鬼，不過城牆之類的東西我隨手一畫就能貫穿五六——』

「——我知道妳有哪些本事。但我說的不是火力，而是特質。」

雖然不曉得對方看不看得見，黎拉還是搖了搖頭。

「史旺．坎德爾的確很厲害。不過他的厲害之處不在於即興組成咒蹟，也不在於能夠控制自律展開的咒蹟。這些終究只是才華，是他能力之下的附屬品。」

『……能力？』

「一旦認準自己該做什麼，他就會採取最妥善的方法，以最短的距離朝目標勇往直前，捨棄其他一切珍貴、不想失去的事物。這才是史旺最厲害的地方。最強咒蹟師這個頭銜對他而言，也不過是一張方便使用的手牌罷了。」

黎拉嘆了一口氣。

剛才提到史旺·坎德爾的特色，並不是他與生俱來的。若要問是從哪裡來的，毫無疑問是受到他的大哥——只要認定目標就絕不停下的超級大笨蛋所影響。

黎拉對此有一點點罪惡感。因為那個超級大笨蛋之所以會成為超級大笨蛋，其中一個原因毫無疑問在黎拉身上。

「席莉爾·萊特納，妳的強處不適用於這方面。所以我不會帶妳上戰場。」

『可是……』

「我不會要妳認分接受。但這是一個請求，妳就在那裡守護著大家的歸處吧。這樣一來，我也能夠放心了。」

『——請等一下。』

片刻的沉默後，傳來了尖銳的嗓音。

『妳說我不適合戰鬥，這我認同；上不了前線所以專心顧好後勤，這我接受。但是，妳剛才那句話是什麼意思？』

「嗯？」

『妳說的是**大家的歸處**吧？為什麼要把最重要的部分說得好像跟自己無關一樣？難不成妳——』

黎拉揚手一揮。

席莉爾創造的幻獸具有非常強大的機能，但也非常纖細。用一點衝擊就能輕鬆破壞掉，即使是輕輕扔出一顆小石頭也可以。

「──妳問為什麼，當然是因為本來就與我無關啊。」

望著迸裂飄散的光粒子，黎拉嘀咕道。

這句話已經傳不到席莉爾那裡去了。正因為知道這一點，她才低聲吐露出來。

這世上存在著木片魔法。

那是從世界樹──為世上萬物立下定則的巨樹借用力量的神祕體系。

正規勇者是運用木片魔法定義在世界上的存在，他們可以在模擬且有限的情況下觸碰、操縱其神祕的一部分。正規勇者擁有的幾種獨特能力，例如深淵眼和先見視就屬於這種原理的延伸應用。

能使用原始、真正木片魔法的，是星神創造出來照顧世界樹的銀瞳族。從她們口中說出的未來預測，與正規勇者依樣模仿的準確度完全不同。儘管對象極度有限，但她們是直接朗讀刻劃在世界上的紀錄，絕無可能出錯。

而她們斬釘截鐵地這麼說了。

正規勇者黎拉・亞斯普萊，不會從這場戰役中回來。

她重新揹上瑟尼歐里斯。

最後的戰役。逼近眼前的自我終結。

心中終究還是會感到恐懼，雙腳幾乎就要發顫。儘管如此——

「好。」

再次踏出步伐吧。

人們都說正規勇者的戰鬥無論何時都是孤獨的。沒有人能匹敵其超群的戰力，沒有人能與其並肩同行，沒有人能望其項背。因此獨自戰鬥是很理所當然的事情，自己一人筋疲力竭也在預料之內。

她想起自己前陣子還和師父抱怨人生過得很寂寥。這種說法當然不正確。或許沒有違背事實，也沒弄錯什麼，但就是不正確。

她有愛操心的舊家臣。

有靠不住的師父。

有好管閒事的監督人。
有水火不容的天敵。
有各方面來說都深不可測的問題師兄。
另外……沒錯。
無關亡國公主的身分，無關最強勇者的身分，她在無關任何頭銜的情況下——交到了一般的**朋友**。
「大家，對不起。」
正因為周遭沒有任何人，她才能坦率地說出口。
「我最喜歡你們了。」
也才能將無法告訴他們本人的話語拋在原地，繼續邁步前進。
朝向最後。
朝向終結。
只是一味向前。

「即使這些時光逝去，也一定── B」

-braves on stage-

1. 愛瑪・克納雷斯的甦醒

潤澤閃亮的翠銀色物體正發出平穩的脈動。

黏糊的微溫感包覆住五感……不，是包覆住一切的認知。

在可以感知的範圍內，全都是這幅景象。沒有上下，當然也沒有左右。彷彿整個世界都被相同顏色的肉塊填滿了。

心底隱隱約約浮現一個疑問。

待在這種沒有喘息空間的地方，理應會感到呼吸困難；待在這種沒有光源的地方，理應只能看見一片漆黑。然而，**她**的意識在這裡晃蕩，完全沒有受到那種不適所影響。

這個疑問的答案，同樣在心底隱隱約約湧現上來。

不可能會感到呼吸困難，也不可能於漆黑中迷失。

她本身終歸也是這巨大翠銀色物體的一部分。不過是遭到大海吞噬的一滴水罷了——

她猛然睜開眼睛。

「………………唔，呼啊！啊！」

正要吸入的氣息與正要呼出的氣息在喉嚨用力撞在一起。

喘不上氣，喉嚨泛起一陣悶痛。

（剛……剛、才、那是、什麼……）

她不自覺地緊緊揪住睡衣的胸口。

就這樣確認從布料下傳來的肌膚溫度。這是人類。確實是人類的肉體。她必須特地確認才有辦法肯定這種理所當然的事。

（是、夢……？）

惡夢。這麼說來只是這種程度的東西。

然而，要用惡夢來作結的話，剛才的夢實在太過沉重，而且感覺……很有壓迫感。

「——妳還好嗎？」

有人在說話。

她緩緩將臉龐轉向對方。

接著，她發覺視野一片模糊，沒辦法好好聚焦在眼前的人身上。

對方應該是一個女人。

可能是護理師吧。雖然很年輕，但比她年長許多，大概二十歲左右。儘管看不太清楚，不過好像戴著眼鏡。

「冷靜下來。慢慢吸氣，再吐氣。對，一點一點慢慢來。」

對方聲線淡然，卻顧慮著她的身體狀況，下的指示也很正確。她按照對方說的慢慢讓胸腔上下起伏，身體就逐漸輕鬆起來。

「……我……」

「妳還記得發生了什麼事嗎？」

「呃……」

腦袋有一大半處於迷霧之中。

她試圖探入那片迷霧回想記憶，腦袋深處卻傳來隱隱刺痛。

「好痛……」

「別勉強自己。那並不是什麼愉快的記憶，想不起來更好。」

「是這樣嗎？」

向他人詢問自己的記憶好像有點奇怪。不過無可奈何的是，比起現在什麼都想不起來的自己，眼前這名陌生女性更值得信賴。

「就是這樣……話說，妳還是再睡一下比較好。畢竟妳的身心應該都還是累到極點的狀態。」

「好的……」

她順從地點點頭，同時閉上眼睛。

然後，她感覺到有隻冰涼的手輕輕撫摸著自己的額頭。

「勇者大人想必明天又會來探望妳。讓她看看妳恢復精神的模樣吧。」

「好的……」

聽到對方這麼說她點點頭，接著卻冒出了一絲疑問。

勇者大人。

這是誰？她認識這樣的人嗎？

這個疑問在腦海輕輕掠過，光是如此就讓她感到疲憊了。現在就按照身旁這名女性說的，只管睡覺，什麼都不要想。這樣就好。這樣才好。

闔起的眼皮內側是無色的深邃黑暗，她的意識緩緩融於那片漆黑之中。

†

『妳這孩子真的很沒用。』

這是母親的口頭禪。

這句刻薄的話，讓當時的她相當難過且沮喪。然而，當她失去包含母親在內的整個家庭、開始獨自生活之後，她才知道母親不過是將事實說出口罷了。

愛瑪・克納雷斯。

生於巴傑菲德爾國中不算富裕的地區。五歲時因為流行病而失去父母，姊姊也在同時將自己賣給奴隸市場。她沒有其他親屬。雖然有人問她要不要去孤兒院，但由於周遭人們對她的長相——染病的翠銀色眼眸——感到害怕，她便婉拒了。自此以來，她就盡可能過著不與他人扯上關係的生活。

什麼都做不到，誰也不會對她寄予期待，所以也沒有人需要她。

即使某天突然消失也不會給任何人帶來麻煩，她就是這樣的孩子。

†

——早上了。

這次的甦醒並不算舒爽，但就普普通通。

她拍了拍全身上下，還輕輕捏了捏臉頰等部位，確認身體沒有異狀。雖然這裡沒有鏡子，沒辦法檢查氣色和瞳色，不過她覺得應該沒什麼變化。

「唔嗯……」

她思考著究竟發生了什麼事。

能回想起來的最新記憶，是那一晚的事。

她莫名其妙被綁架，又莫名其妙被另一群人綁走，接著有個陌生大叔一邊說著莫名其妙的言論，一邊將她丟進翠銀色的圓胖物體之中，然後她就失去意識了。

她原本篤定自己會直接死在那裡，也心知無可奈何而放棄掙扎，甚至希望對方下手痛快一點。她當時的心情就是這麼恐懼，而且感到噁心。

嗯。她想起來了。

經歷這些遭遇的自己為什麼活了下來？為什麼會——她低頭一看——躺在潔白乾淨的

床上？縱使腦中還有非常多疑問，但她可以肯定一件事。

她確實是愛瑪・克納雷斯，沒有喪失這個身分。

不對，理所當然是如此。這種事本來就沒什麼好懷疑的。但不知為何，她就是想確認看看，也想讓自己安心下來。

「打擾了。」

隨著壓低音量的打招呼聲，病房的門被打了開來，只見一名女孩戰戰兢兢地探頭往裡面看。對方有一頭紅髮，年紀與愛瑪相仿，但凜然的氣質是愛瑪無法相比擬的。

她認得這張臉。

那是前幾天偶然遇到的外國人，聊過幾句後，彼此處得還不錯。她的名字是——

「黎拉小姐。」

「哦！」

那名女孩——黎拉・亞斯普萊的表情頓時綻放光采。

「妳醒了啊，愛瑪。感覺怎麼樣？肚子會餓嗎？」

黎拉開心地說著，同時往她走近。

「那個，是的，感覺跟平常一樣，不過，黎拉小姐怎麼會來這裡呢？」

「咦？啊，嗯，這個嘛。」黎拉一臉思索的模樣。「妳獲救的時候，我剛好在附近。所以就……順便詢問了這間施療院的位置。」

她覺得這番話聽起來有點像胡謅的。就一點點而已。

「我是……被人救了嗎？」

「啊，對。雖然我不太清楚，但妳應該吃了不少苦頭吧。」

「這個，嗯，大概吧。」

面對模糊的態度，她也答得很模糊。

「啊，對了。對不起，明明約好要帶妳觀光的，我卻放妳鴿子了。」

「……妳不是被綁架了嗎？這也沒辦法啊，妳不用道歉啦。」

「但畢竟還是我這邊的因素造成的。給毫無關係的黎拉小姐和妳的同伴添了麻煩，我覺得自己還是有必要道歉。」

「哎，好好好，愛瑪妳真是嚴肅耶。」

黎拉戳了戳她的臉。

「要不然這樣吧，我們還會在這裡待一陣子，等妳出院再帶我們去觀光吧。就當作是補償。」

「這……好的，當然沒問題……」

「很好，那就說定了！」

大概是當作約定的證明吧。黎拉握住她的手，上下甩了甩——

嘰嘰！

——世界像是浸入了水中。

視野不太清晰，彷彿隔著一層混濁的水。

周遭充斥著某種類似淡紫色煙霧的東西取代了空氣。

簡直就是深海的景色，愛瑪沒來由地這麼想。當然，她並沒有見識過真正的深海，但還是忍不住作此聯想。不同於海上的世界，運行著不同原理的世界。有不同的生物……不對，是不曉得能否用生物來稱呼的東西所棲息的地方。

一瞬過後，愛瑪所見的世界跟隨了她的想像。

有道影子形似不知從哪兒長出來的海藻，從那後方出現且搖曳擺蕩——造型恐怖的某種漆黑物體像是長著獠牙的大魚，正張開血盆大口逐漸現形——

「愛瑪？」

嘰嘰！

「────咦？」

她眨了一下眼睛。

剛才她在想什麼呢？

「奇、奇怪了，難道我剛才都在發呆嗎？」

「嗯，對啊，妳的眼睛有點失焦了……話說，等一下。妳的臉色突然變得很差耶，怎麼了嗎？」

「啊，呃，嘿嘿嘿，不知道耶……」

究竟是怎麼一回事？

儘管看不到自己的臉，她發覺自己的心臟不知為何跳得飛快，整個掌心都被冒出的冷汗弄得溼濡。剛才那一瞬間，確實發生了什麼。

不知道。想不起來。好可怕。

「唔啊啊，對不起，妳大病初癒，我不該讓妳強撐著說話的。好啦、好啦，快睡吧，在完全康復之前都別再亂動了喔，知道嗎？」

「咦？不是的，那個……」

黎拉不給她任何反抗的機會，動作俐落地讓她躺回床上。

「順帶一提，這裡的治療費和小屋貓咪們的照料都交由埃斯特利德商會負責，所以妳不用擔心。妳知道埃斯特利德嗎？就是那個在路邊牆上貼滿海報的大型商店。」

或許是想安撫她的情緒，黎拉語速稍快地說道。

「那些貓咪也是嗎？」

愛瑪位於海岸附近的小屋子裡住了很多貓咪。

由於這雙翠銀色眼眸的緣故，愛瑪沒辦法與這個國家的人有太多交集，對她而言如今稱得上家人的只有那些貓了。

「喔，對啊。聽說那間店有位店員大叔對動物很了解。」

「這樣啊……」

懷著與安心不太一樣的心情，愛瑪拉起棉被蓋住自己的嘴巴。

黎拉見狀，大概是認為愛瑪準備要睡覺了，於是她說了聲：「那我下次再來喔。」便輕輕揮了揮手，安靜地離開病房。

儘管愛瑪沒有這個意思，但也沒打算叫住黎拉消除誤會。所以，她最起碼閉上了雙眼，嘗試進入夢鄉。拋開討厭的想法，想辦法讓腦袋放空。

『妳這孩子真的很沒用。』

對任何人而言都派不上用場的孩子。誰都不需要的愛瑪・克納雷斯。

再這樣下去，會不會連那些貓咪都不需要我了呢——這種無從排解的胡思亂想一直在她的腦海中揮之不去。

2. 小船上

這是前陣子發生的事。

位於汪洋中的國家——巴傑菲德爾遭遇了重大變故。

據說，有個高得不得了的翠銀色巨人站在海上。

再據說，那個巨人一邊推開好幾艘大型船，一邊慢吞吞地逼近巴傑菲德爾。

又據說，有個超強的人物正好在這裡，施展了某種超厲害的必殺技，一擊就葬送了那個巨人。

唉呀，真是的。荒誕無稽也該有個限度。

光是聽到這些傳聞，想必沒有多少人會相信。

然而，這件事畢竟是發生在遼闊的海上，有為數眾多的目擊者，而他們每個人的證詞都大致相同。驚濤駭浪的大海、已沉或半沉的船隻，各種物證也可以佐證他們的說法。

因此，幾乎所有巴傑菲德爾居民，如今都知道那一晚確實發生了變故。

應該沒問題吧？不會翻船吧？這種擔憂一直縈繞於心頭。

黎拉．亞斯普萊正搭著一艘隨海浪擺盪的小船。

†

巴傑菲德爾國的外緣是由鋪滿海面的無數巨大木筏構成。木筏之間用粗繩和鎖鏈連接，並且保持一定的距離。這是為了預防暴風雨來襲時被沖走，也預防彼此輕易發生碰撞。最後一個原因則是確保水路暢通。

巴傑菲德爾是用數量龐大的遇難船拼湊建造起來的國家，很難在上面種植大量穀物與牧草，導致要飼養馬匹等大型家畜也不容易。因此，人員和物資的運輸大多是仰仗水路。

環顧四周，只見好幾艘五顏六色的小船及粗製的運輸筏來回於不算寬敞的水路上。船夫們巧妙地操控船隻，以隨時可能發生碰撞的極近距離與其他船流暢地交錯而過。

這幅景象，恰似花瓣飄落河川後，在不碰撞彼此的狀態下，翩然起舞似的隨水波漂流而去。

「真是不得了呢。」

「就是說啊……」

黎拉漫不經心地應了一聲，這才想起還有一個人跟自己同搭一艘船。她眼珠子一轉，看向眼前的女人。

席莉爾．萊特納。

這是一名總是板著臉的樸素女性。年齡二十一歲，是帝都賢人塔位階滿高的學者，也是咒蹟師，在黎拉這趟旅行中擔任監督人。

船上除了黎拉之外，還有坐在她對面的席莉爾及站在船尾的船夫。光這三人就把狹窄的小船塞滿了。

「……抱歉，我剛才沒在聽。妳指的是什麼？」

「我是說這座城市，不對，是這個國家。」

席莉爾看起來沒有因此感到不開心，她的視線移往周遭，示意著「這個國家」。

「前幾天的騷亂是真的鬧得很大吧？但看來已經恢復如常了。」

「喔……」

的確是如此。

當時戰況激烈，導致倉庫海域的海底變形、海潮改變方向、海水變得混濁，以及魚群竄逃等。偷偷放在這片海域上的違禁品在騷亂中曝光，那些粗心的當事人找不到好藉口，受到了慘重的打擊。

正規勇者的戰鬥，或者應該說正規勇者必須出面的戰役都是這種情況。有時候會被罵作瘟神，甚至得面臨各種賠償。

「聽艾德蘭朵說，單純就損害程度而言，季節性暴風雨還比較嚴重。」

「喔……這樣啊。」

這片土地並不安穩。

習慣傷痛的人們都懂得如何面對傷痛。姑且不論好壞，現實就是如此。

「畢竟是遇難的海軍與海盜的後裔，大概也習慣利用災難了吧。」

「利用……嗎？原來如此。」

沒錯，是**利用**，不是**處理**。

這個國家有好幾個組織一年到頭都為了爭奪利益而敵視彼此。即使發生了災難，他們也會立刻動腦筋算計該如何利用這個情況來獲利，並為此展開鬥爭試圖搶先其他組織取得優勢。

因此，在這種鬥爭中必須準確掌握狀況的情資與分析。換句話說，就算是遭逢災難的時候，要是一直處於混亂而不儘快採取對策，在這個國家想必一下子就會被鄰近組織給併吞掉。

以結果而言，在經歷那麼大的騷亂之後，這裡也很快就能恢復平靜。

幽靈船城邦巴傑菲德爾的治安很差。

這個國家原本是興起於無數在某片海域觸礁的船隻。政治體制姑且採取合議制，但實質上更接近規模極小的聯邦制。其真正型態是數十個小型自治區的集合體。

起初只是個無法地帶。而所謂的無法地帶往往會自動產生大大小小的組織，捧出各自的領導者，奉行各自的秩序，最終落定於這樣的形式。

基本上每個組織不是彼此對立，就是處於敵對狀態，領導者之間的關係也極差。組織內部因為派系鬥爭而氣氛僵滯的情況也不少見。

儘管小糾紛不斷，綜觀全局的話，看起來還是維持在安定的狀態。

此地的一切都建立在搖搖欲墜的平衡之上。

「而且，她說身邊還有幾椿很難處理的麻煩事，因此不可能一直糾結在已經結束的事件上。」

「這還真是……該怎麼說才好，真是堅強啊。」

完全沒錯。

而黎拉對此很感激。

「話說回來，席莉爾妳自己身體怎麼樣？不是被咒蹟之類的反作用力搞垮了嗎？」

「還有點不舒服喔。暫時施展不了大型的咒蹟了。」

「……會留下後遺症嗎？」

「應該不會吧。雖然以前從來沒有這麼勉強自己過，我也沒辦法說得很肯定，但體感上沒什麼問題。」

「呃……」

「妳不用道歉或道謝。」

「……好。」

既然人家都這麼說了，她就相信席莉爾真的沒事吧。她想如此相信。

從那一夜就陷入沉睡的愛瑪．克納雷斯也終於甦醒了。受傷的艾德蘭朵．埃斯特利德也平安出院，已經回去工作了。

順便補充一點，整件事的元凶古聖劍潔爾梅菲奧受到嚴密的封印後，透過可信賴的管道送往大陸的讚光教會了。

如此一來，至少在黎拉目光所及的範圍內，那一夜在各處烙下的傷痕幾乎都癒合了。

（……接下來就按照原定計畫。在瑟尼歐里斯修復完畢，或者說洗淨之前，我只要隨便打發時間就好……是這樣沒錯吧？）

她們本來就是為了這個目的才來到這片土地（雖然是海上）。

必須讓受到詛咒汙染的瑟尼歐里斯恢復十足的光輝。不過，能勝任這份工作的只有天才聖劍技師艾德蘭朵，黎拉在作業進行期間沒什麼該做的事。當然，這裡距離大陸很遙遠，讚光教會並不會容不下正規勇者擁有自由時間而硬塞奇怪的使命過來。

也就是說，這段時間是勇者這一行難得的假期。

更何況艾德蘭朵大病初癒，再加上由她擔任會長的埃斯特利德商會目前極度混亂，這段假期想必不會太短。

（要做什麼好呢？我想等愛瑪身體恢復後再正式開始到處觀光。這樣一來，能做的事情好像出乎意料地少啊。）

這種時候，她就會埋怨起沒有培養任何興趣的自己。不，即使她有培養興趣，大概也只會讓每天都被使命追著跑的生活更難受而已。

（沒辦法，去捉弄師兄玩玩好了，難得他人就在附近……）

「啊，請讓我在下一個碼頭下船。」

席莉爾對船夫喊了一聲，黎拉回過神來。

「嗯？妳要單獨行動？」

「嗯，沒錯。不好意思，妳可以自己回房間，不要繞去其他地方嗎？」

「沒關係啊，我還是會繞路就是了。不過妳要做什麼？」

席莉爾皺起眉，說了句「那請妳適可而止」後接著說：

「我有些事想調查一下。」

「嗯？我不能跟妳一起去嗎？」

「那一晚很多人看到了勇者大人的樣貌。雖然連長相都記住的人應該不多，但未必不會遇到——總是有風險。」

「呃……」黎拉皺眉。「所以妳還在調查那場騷亂的內幕？為什麼又提這個？」

「那位準勇者，記得是納維爾特里先生吧，我從他那邊聽到了一些事情。那樁事件的元凶約書亞．埃斯特利德祕密籌備的計畫中，還有尚未釐清的部分。」

黎拉偏頭疑惑。

她姑且知道席莉爾提到的那個男人。納維爾特里．提戈扎可——儘管與黎拉這種正規勇者差了一小截，但是具備超乎常人的素質，是讚光教會賦予「準勇者」稱號的其中一名聖人。

（他以前當過冒險者，有自己的一套情報網也不奇怪就是了。）

約書亞．埃斯特利德的計畫中，還沒浮上檯面的黑幕。

她沒有聽艾德蘭朵提過這種事。不過，這也沒辦法用來判斷什麼。可能單純是納維爾特里的情報網掌握到艾德蘭朵疏漏的消息；又或者是艾德蘭朵將這件事視為埃斯特利德自家的問題，打算在內部處理掉……所以才沒有告訴黎拉這些外人。

「有紀錄提到他正在鍛造一把仿古聖劍潔爾梅菲奧的高階聖劍。不過最關鍵的那把劍並沒有找到。」

「……這根本無所謂吧？」

自從古聖劍瑟尼歐里斯現世之後，人們一直在嘗試仿造古聖劍，然而這是個遲遲未果的夙願。縱使約書亞是手藝精湛的技師，憑他恐怕也沒辦法輕易達成這個夙願。那把傳聞中的仿製聖劍所擁有的性能，大概也與原型潔爾梅菲奧毫無相似之處。

除此之外，每一把聖劍都有「只有被選上的人才能使用」的特徵。舉例來說，繼承了某地古老王室的血統、威名遠播的戰士子孫，或是失落的祕密儀式傳承者等，必須具備這種故弄玄虛的頭銜。

而高階聖劍「選人」的標準會更加嚴格。換句話說，約書亞打造的那把聖劍即使流到黑市被不法之徒買走，也不至於釀成什麼威脅。

「是啊，我的想法跟妳一樣。」

席莉爾老實地點了點頭。

「我也不認為這件事有多重要，但就是一直覺得不太對勁。我們一定還有沒查到的東西。為了弄清楚那是什麼，我現在想多掌握一點情資。」

「……這樣啊。」

船隻逐漸靠近碼頭。留下一句「回頭見」後，席莉爾（有些提心吊膽地）走下小船。

目送著席莉爾的背影，黎拉用手托著下巴沉吟起來。

這個國家確實有許多奇妙的地方。對於生長在帝國、受縛於帝國常識的她而言，怎麼看都只覺得「很奇妙」。這就是所謂的文化差異。人類的腦袋不會特別意識到自己不了解的事物，只會當作噪音忽略掉。她應該沒有好好留意到這個地方的許多事物。

不只是巴傑菲德爾，異國都是如此。這種時候，人們非常容易判斷失誤——弄錯該判斷的地方。

只剩下黎拉和船夫的小船駛離岸邊。

船身隨著海浪搖晃。

不安定的小船，不安定的國家。

抬起視線，便見前方聳立著一個背靠藍天的巨大黑色布丁。

此刻所在之地，無數木筏相連的這個地方，是巴傑菲德爾國的外緣。而那個遠比一般城塞龐大的木製布丁，正相當於巴傑菲德爾國的**內陸**。

由無數遇難船拼湊而成的虛假國土。

懷著無數盤算巍然矗立的人造巨繭。

唯有上方這片遼闊的藍天，無比純淨通透。

3. 艾德蘭朵．埃斯特利德

她迷迷糊糊地醒來。

「……唔呀～」

伸一下懶腰——瞬間，後背竄起一股抽筋般的悶痛。她捲著被單扭動身體，就這樣從床上滾落下來。

砰咚！傳來極為沉重的聲響與衝擊。

「痛死了……」

全身的傷還沒有完全恢復。雖然不至於扯裂傷口滲出血絲，但施力的角度一個沒弄好，很容易便會引發足以哭出來的痛楚。

她暫時躺在地上不動，等待慢慢湧現的疼痛浪潮退去。

眼睛微微睜開打量四周，這裡當然是她熟悉的個人房間。書櫃放不下的書籍大量堆積在地上，還有非工作用途、出於興趣反覆擺弄著玩的大量護符。

自己房間的風景，如今看來甚至有些令人懷念。

打從海上被火焰包圍的那一夜，經歷四面都是乾淨白色壁紙的施療院病房，艾德蘭朵・埃斯特利德回到了自己的日常風景中。

「唔……」

艾德蘭朵邊呻吟邊站起身。

有不得不做的事情在等著她。

不僅如此，她還累積了很多想做的事情及該做的事情。

所以她不能再躺下去了。儘管很睏，她必須動起來。

她去沖熱水澡，感覺意識清醒了一點。

用手指摩娑著留在身上的幾條傷痕。根據醫生的說法，某幾處傷痕可能一輩子都不會消失。那一夜所發生的事，今後會一直糾纏著她的人生不放。

其實，這也不是什麼大問題。那些傷疤只要穿上衣服就能遮住。任誰都有一些不能見光的過去，任誰都是這麼活著的。她自己也會這麼活下去，無論過去還是未來都一樣。

哪天要在丈夫面前露出肌膚時會有點傷腦筋就是了。不過，反正她目前沒有那方面的計畫，到時候再說吧。

「很好。」

今天想穿藍色的禮服。她在鏡子前轉圈確認適不適合，順便檢查縫在內衣裡的小型護符有沒有順利啟動。接著，她將頭髮梳理整齊。

平常配戴的紅色手套——已經沒了，她改將附有簡易護符的手環套在手腕上。儘管作為防身武器完全靠不住，但目前就這樣將就著撐下去吧。

「很好。」

再次用力點了點頭之後，今天也將展開艾德蘭朵的一天。

「大家早安～」

艾德蘭朵朝氣蓬勃地一邊打招呼，一邊衝進埃斯特利德工房的經營事務所。

「緹莉小姐妳是不是換了香水莎拉之前說的那本書我晚點借妳喔盧卡上次提到的報告書等會兒拿給我史諾先生有說今天會遲到嗎拜茲梅先生謝謝你在我不在的時候代為處理公務，然後是……」

她快步穿過屋子，一一對在場所有人說了句話。走到最高負責人的辦公桌之際——

「…………」

未處理的文件堆積如山是司空見慣的景象。

平時那個站在旁邊、既嚴格又溫柔的監督人不見蹤影。這並不多見——但今後會成為日常中的一幕。

「大小姐，這是今天的行程。」

拜茲梅取代已經不在的副會長遞上行程表。艾德蘭朵接過來後，瀏覽一遍空白處居多的紙面。

「就這些？」

「只保留了急事而已。畢竟大小姐您才大病初癒，而且也必須騰出時間給讚光教會的工作。」

「啊……嗯，這麼說也沒錯啦。」

拜茲梅為她設想得很周到。

她不禁感到有些難為情，這與身體習慣的日常落差太大，整個人都侷促了起來。

不過，她必須習慣才行。

如同花窗玻璃上描繪著與昨日之前稍有不同的面孔，色調也與昨日之前略有出入，這就是從今天開始的日常。

「啊，對了，會長。關於那個少年。」

艾德蘭朵叼著棒棒糖之際，技師總監來向她回報狀況。

「能不能就這樣把那傢伙拉進我們商會？」

「嗯？什麼意思？」

所謂的那個少年，當然是在說他的事情。

亦即正規勇者黎拉的師兄，也是當前造訪此地的兩名準勇者之一，名為威廉．克梅修的十四歲少年。

「該怎麼說好呢，聽到大陸的聖人要進工房的時候，我還想說開什麼玩笑管他多厲害多有才能拜託不要單純出於興趣就插手專家的工作好嗎然後我就丟了一杯茶出去。」

「啊，不是差點，是真的丟出去了？」

「他接住了喔，一滴茶水都沒灑出來。」

「但重點不是這個啦。」總監喃喃說道。

「那傢伙，該怎麼說好呢，完全沒有天分。」

「……咦？」

對於威廉沒有天分一事，艾德蘭朵並不會驚訝。畢竟威廉自己和他師妹黎拉事前都這麼說過。

他是準勇者，揮劍對付怪物之類的生物才是本行，可惜沒有任何劍術和戰鬥的天分。他能夠按照教練書上的方式戰鬥，但學不會教練書上沒有的高度技術，也無法拋開常規自創戰鬥方式。

他本人也下過一番苦功，然而這不是靠努力或時間就能克服的事情。所以他選擇從自己勉強做得到的「按照教練書上的方式戰鬥」這方面擴充能力。簡單來說，他選擇閱讀自己能夠應用於戰鬥的無數教練書，融會貫通後累積知識。藉由預先學習大量的戰鬥方式，強行彌補無法自創戰鬥方式的缺陷。

話雖如此，連自己使用的聖劍調整技術都想鑽研，還為此將現任的技師們牽連進來，這實在不是常人會做的判斷，但暫且不談這一點。

「**完全沒有**嗎？」

「對。」

所謂的天分，即代表能夠自己開拓道路前往既定目標，這當然是很棒的一件事。現存的各種技術都是從前人開拓的道路積累下來的成果。

但與此同時，具有這種能力的人們並不擅長配合別人的腳步，或是忠實地按照既有的設計圖製作東西。一旦找到專屬自己的道路，前進時無論如何都會偏向那條道路。

換句話說，就是這麼一回事——

他沒有名為天分的癖性。

既存技術是前人智慧的結晶，他不會以個人癖性去解讀或扭曲，而是直接照著模仿學習。如果給他一張具有一百種性能的聖劍設計圖，他就會精準地打造出具有一百種性能的聖劍。這對於受到半吊子的天分影響的一般技術者而言，是難以達成的一種特技。

重點不在於有無天分的好壞之分，這部分要視實際情況而定。而在需要持續且穩定地創造成果的情況下，威廉·克梅修正是能夠大放異彩的人才。

沒錯，舉例來說，埃斯特利德的護符工房就是如此。

「————————真是諷刺啊。」

「會長？」

「嗯，沒事，自言自語而已。」

艾德蘭朵擺擺手，將技師總監的追問應付過去。

「不過，這件事從今天起就交給我吧。畢竟說要教威廉調整聖劍的本來就是我。」

「會長打算親自勸說嗎？」

「嗯，反正就嘗試看看吧。」

面對別人的期待，她暫且如此回答。

（坦白說希望渺茫就是了。）

最後這句實話還是吞了回去。

4. 正規勇者與準勇者

水從高向低流。

太陽東昇西降。

縱使如此，人類依然尚未滅絕。

——這是帝都動物學者的經典笑話。雖然對於學者以外的人而言很難理解，但簡單說就是從學術性的角度來看，人類到目前還生存在這個世界上似乎是很不自然的現象。

人類是在形貌上頗占優勢的動物。能站立、會穿衣服、懂得使用道具、肌耐力強、繁衍不限於發情期，以及能自發性地鍛鍊自己等，擁有許多強項。

然而，這個世界並沒有簡單到光憑這些就能理所當然似的生存下來。

有體型更大的動物、使用更高明道具的怪物、繁殖力更強的野獸，這些生物要多少有多少。而且，人類的歷史就是與這些生物爭奪棲身之處的生存競爭。會產生「為什麼直至現今還沒有輸？」這個疑問也很正常。

既然有問題，當然也會有解答。

為了擊退強悍的外敵，人類找出幾條活路。

其中最重要也最知名的應該要屬職能(Class)和異稟(Talent)的思維，將方便生存的技術和經驗定型化及標籤化，發揮最大的效率來管理人才。這個做法可以量產出冒險者和騎士這種「適合戰鬥的人」，開拓並守護人類的居住地。

此外——儘管與上述人才相較之下極為稀少，但還有一個方法能夠創造出「適合戰鬥的人」。

那就是正規勇者。

經由讚光教會選定，世上一次只會出現一名超人，同時也是聖人。

正規勇者不是戰鬥技巧精妙的人類，也不是精通奧祕的術師。

他們由人類所生，擁有人類的姿態，通曉人類的行為舉止。在此情況下，他們又身懷著人類無法企及的力量，置身於人類無法看見的世界，持續背負著人類無法承受的重擔。

那些人以具備特殊勇氣的名號作為免罪符，得以跨越人類的領域。他們為守護人類而生，但正因如此，反言之也只具備守護人類的力量。

自人類有史以來，冠上此稱號的有二十人：初代阿貝爾・繆凱勒、第二代露希爾・薩克索伊德、第三代托魯班・薛諾爾、第四代舒卡・琉茲——黎拉・亞斯普萊則在這個系譜的最末尾，是第二十代正規勇者。

†

「儘管放馬過來吧。」黎拉如此放話。

「妳可別後悔啊。」威廉不爽地回道。

散發著朦朧光芒的朝陽從地平線邊緣浮出。

小型港口的外圍有個用來臨時堆放船貨的廣場。在這個還算寬闊的地方，有兩個人展開了激戰。

聖劍自不必提，他們連模擬戰專用的木劍都沒有拿，雙方都是赤手空拳。雖然不同於原本的戰鬥風格，但兩人都是向同一個師父學習百般武藝，因此還是能成立一定水準以上的切磋。裝作拳擊的擒拿、裝作失衡的浸透勁、裝作摔擊的關節技，兩人在進攻方與防守方、進攻手段與防守手段的不斷轉換中打得有來有往。

實際上，少年——威廉確實身手不錯。他具有攻守切換自如的熟練度、不會輕易被假動作騙走的眼力、些許搖晃也不會失衡的頑強性，徒手技必備的能力他全都練得很強。真要說的話，考慮到他的直性子和十四歲這個年紀，這份實力可謂相當驚人。

不過，也就如此罷了。

說實話，黎拉很失望。

徒手技必備的能力威廉全都練得很強，而除了這些高水準的能力之外，他沒有其他值得著眼之處。雙方之所以互有攻防，是因為黎拉特意為此放水。要是她認真起來，只需要一瞬就能展現出輕鬆擊潰威廉的實力差距。

一記循著視線軌道的直拳打了過來，姿勢標準到足以放進課本裡。正因為非常標準，所以很容易看穿。雖然可以使用正規勇者的特有祕招之一「深淵眼」這個名稱誇張的識破技能，但根本沒必要特地動用這個領域的技術，一切盡在掌握之中。

黎拉閃避的同時，順便用指尖輕輕一按。只見威廉的身體失去平衡，大力轉著圈飛出十步之外的距離。

一旦隔開距離，必須再次拉近才能交手。

黎拉認為再繼續下去也沒有意義，只是白白浪費時間。到頭來她會越來越覺得無聊，威廉則會越來越沒有自信。

到此為止吧？

黎拉打算這麼提議而啟唇的瞬間——

映入眼簾的，是少年那扭得很奇怪的身體。

沒有彎曲膝蓋，沒有凝聚力氣，亦即放棄了衝刺所需的一切身體操作。他不是用腳的力量推動全身前進，並非往下而是朝著前方，宛如墜落一般拋出身體——

「唔哦？」

原本全神貫注的黎拉稍微分神想著戰鬥一定會中斷，但這個空檔連大意都稱不上，她瞬間就做出了反應。

少女的腳擅自往一瞬之前還沒有任何東西的地方踹了過去。

傳來肉體狠狠撞在肉體上的觸感。

現場留下「咕耶」一聲，不知為何瞬間移動到那裡的少年這回橫向飛了出去。這次連劃出拋物線的餘裕都沒有，依循幾乎與地面平行的軌道，就這樣狠狠地一頭撞上旁邊倉庫的牆壁——堅固的鐵板。

（啊……）

她暗叫不妙，但一切都來不及了。

威廉的行為完全是奇襲。黎拉的意識沒來得及反應過來，身體倒是直接做出了受到奇襲時的一般反應，這是從訓練與實戰中培養起來的習慣。

以一般人來說，脖子等部位的骨頭鐵定會碎裂且當場死亡，即使是稍微偏離常識的人也要直接送去施療院就醫。剛才那一擊就是如此凶狠，完全沒有放水。

黎拉有一瞬間意識一片空白。接著——

「好……痛啊……」

她看見威廉輕輕甩著頭站起身。

「呃……那個。」

她斟酌著用詞。

「……你沒事吧？」

「我看起來像沒事嗎？」

就是因為看起來像沒事，她才會這麼問。

威廉充滿挖苦意味的回話，正好也諷刺到了他自己。

這與身體的強韌度無關。人類再怎麼鍛練身體，也有物理上的極限。雖然可以催發魔力進行防禦，但「催發魔力」這個步驟需要耗費數秒到數十秒的時間，不適合用來應對這種突如其來的攻擊。

威廉應該是採取了護身術。

那招護身術化解了原本足以令人當場喪命的衝擊，造成的傷害用一句「好痛」就能帶過。是的，就理論而言，黎拉可以理解。只要別去思考「人類的肉身辦得到這種事嗎？」、「辦得到這種事是可以的嗎？」這種問題就好了。

「剛才那個……」

黎拉按捺住內心的動搖，用淡然到有些刻意的口吻問道：

「突然拉近距離的那個動作是什麼啊？」

「奧桑霍西茲。」

「那是什麼？」

「聽說是西方國家小有名氣的體術，最近認識的一個士兵教我的。我想說至少可以用來嚇嚇妳。」

威廉的表情非常不甘心，他大概認為自己的企圖失敗了吧。

（……我確實嚇了一跳啊。）

不對，不是只有嚇一跳而已。她還覺得很厲害。

怎麼看都是絕技，怎麼想都是超乎常識的招數。憑一般的鍛鍊方式不可能到達那樣的境界。少年隨口說的「一個士兵教我的」這句話，背後不曉得凝聚了多少荒唐的努力。

她想誇獎他，想讚揚他，想對整個世界炫耀：你們看，我的師兄可是很厲害的。

但她強忍下來了。

這些話從黎拉．亞斯普萊的口中說出來的那一刻，就不會是單純的稱讚了。更何況，她的師兄學習如此絕技所追求的目標還沒有澈底達成。所以——

「就算是出其不意的攻擊，要是輕輕鬆鬆就被對手反擊回去就沒意義了啊。」

她盡可能說得刻薄一點。

「如果一定要當作絕招，你就要學著靈活運用，根據情況採取最妥當的使用方法。雖然可以當作臨時充場面的小把戲，最起碼也要準備多一點招數吧？讓對手預測不了自己會怎麼出招，進而產生警戒才是戰鬥的開始不是嗎？」

「……唉，中肯到戳到痛處了啊……」

少年表情不快地撓了撓臉頰。

「不過，你就……」

你就學不乖地隨時放馬過來吧。

話到嘴邊，黎拉又硬吞回去。

這個廣闊的世界有眾多具備勇氣的人們。有些人化勇氣為力量加以發揮，甚至還能達成超越人類極限的偉業。而這群人之中最頂尖的就是正規勇者，即黎拉的頭銜。

發揮超絕領域的力量，挺身對抗人類無從措手的威脅。

將所有人拋在後頭，獨自登上最高峰。

沒有一把劍傷得到她。這世上大概不會有人能夠打敗她。

然而，即使如此，還是有一把劍在她的背後虎視眈眈。

她今後會繼續變強，進化成類似怪物的存在。縱使如此，還是有隻手會緊追過來。

「我勸你還是死了這條心吧。反正你是絕對贏不了我的。」

黎拉壞心眼地酸了他一句。

因為她認為自己有這麼說的權利與義務。

「下次一定讓妳哭出來。」

耳邊傳來師兄的嘀咕聲。

她的師兄真的完全不聽人說話。才剛勸他放棄，他竟然就發出這聲牢騷。

眼角在不經意間開始發燙。糟糕，這下可不行。因此——

「笨～蛋。」

彷彿要掩飾這一點，黎拉猛然擠出鬼臉向他吐舌。

海上國家巴傑菲德爾不存在所謂的河川和湖泊。出於這個緣故，相較於其他地方的市價，不含鹽分的水還算珍貴。

由於還算珍貴，當然不能隨便浪費。但也因為只稱得上還算珍貴，沒必要太過神經質地節約使用。

「噗哈！」

在公共的自來水設施，黎拉將沾了汗水和鹽分的溼黏頭髮連同臉一起洗乾淨。

「啊～好舒服～」

黎拉輕輕甩頭，水珠四處飛散。

彷彿要阻止她一般，旁邊遞來一條毛巾，她接過來簡單擦掉頭髮上的水分。

她心想：好久沒有像這樣相處了。

黎拉以前學劍的師父，原本是養育威廉長大的扶養人。儘管為期極短，兩人也曾有一起學劍的時期。沒有才能的師兄與才能橫溢的師妹，宛如家人一般——這麼形容也許言過其實，不過心境上類似如此——度過了一段時光。

當然，雖說是以前，但也就幾年前的事而已，確實不是久遠到值得懷念的過去。然而，即使撇除他們還是孩子這一點不談，那幾年也顯得極為遙遠深長。

不論是自己，還是這個少年。

相較於當時，彼此都有巨大的變化。

「愛爾他們最近還好嗎？你有沒有定期回去看他們？」

黎拉提到的名字，是這個少年的家人，也是她自己為數不多認識的同輩。

旁邊的少年洗完臉後，接過黎拉遞回來的毛巾胡亂抹了把臉，然後抬起頭。

「我儘量在使命和修行之間找空檔回去。如果被派到附近執行使命就簡單多了，但那邊基本上很和平，沒有準勇者出場的餘地。」

「……這樣很好啊，嗯。」

「是啊，確實很好。」

喜悅和煩躁絕妙地交雜在一起。威廉撩了撩頭髮。

「話說之前回去的時候，愛爾還問說：『最近有和黎拉小姐見面嗎？』妳們兩個還真是莫名地很有默契耶。」

「嗯啊？喔～這個嘛～或許吧？」

那麼，她對這個評價該作何反應呢？黎拉無法立刻作出判斷，只模稜兩可地笑了笑。

5. 惶恐的人們

一處寬敞的室內。

窗戶緊閉，只有蠟燭的火光作為照明。在這個連桌子都沒有的空間裡，十幾名男女彼此謹慎地相隔一段距離站著。

「喂，為啥妳這傢伙會在這裡啊？」

一道粗野的男聲打破了昏暗室內的沉默。

「妳不曉得自己來錯地方了嗎？」

沉悶的氣氛——或者說是超越沉悶的焦躁感瀰漫室內。然而當事人絲毫未放在心上，甚至一副渾然未覺的模樣，只顧著對鄰座抱怨連連。

「有沒有在聽人說話啊？喂！溫蒂，我就是在說妳——」

「肅靜。」

一道男聲打斷了他，那嗓音溫和低沉，卻挾著不容置喙的壓力。

「不要在這裡起爭執。」

聚集在室內的人們紛紛看向出聲制止的男人。

有一座山——任何人見到這個男人的第一眼都會自然而然冒出這個想法。這個男人的體型就是壯碩如山，而且全身上下的肌肉多得不尋常，幾乎失去了人形。

他身上那套毫無疑問是特別訂製的正裝非常合身，卻仍舊無法徹底抹消猛獸穿戴飾物一般滑稽又危險的感覺。

「兄妹要吵架，等回到自家船上再吵。巴利・賽斯、溫蒂・賽斯。」

他的聲音極為溫柔沉穩，是唯一與凶惡的外貌格格不入之處。

「——哈，爭執！爭執是吧！」

一開始那個名叫巴利的男人用比剛才更激昂的語氣說著，嗓音在室內迴響。

「**爭執才符合我們的作風吧**！這個國家啥時變成大家手牽手玩耍的地方了！那邊的雪茄混帳和眼鏡怪胎，你們之前還大放厥詞說什麼下次見面不是你死就是我活吧！」

被點名的兩人顯而易見地皺眉撇開視線。巴利見狀便強勢地說：

「我們又不是那種和和氣氣說話的個性，這裡每一個人——」

「我已經說過了，請你們和和氣氣地說話。」

巨漢再次用平靜的一句話制止他說下去。

「我知道你想說什麼。對於這一點，在場所有人的意見應該都一致。與看不順眼的人同在一個屋簷下。現在就想把對方葬入血海之中。沒錯，就是如此，每個人都是這麼想的。然而，**大家都沒有動手**。」

巨漢環視室內一圈。

「根據讚光的聖簡記述，於終焉之日，活在大地上的所有人類都將對鄰人拔刀。而倖存下來的人們會頓悟這不是他們該做的事。」

「就是這個。」

另一道聲音插了進來。

「你過度崇尚讚光教會的事眼下暫且不追究，埃克哈特．卡拉森。我們必須注意的就是這一點。剛才談到的那名**客人**，當真是足以稱為終焉的怪物嗎？」

室內幾人雖未明說，但也表現出認同的態度。

「正規勇者黎拉．亞斯普萊。我曉得她的威名，聽說在單挑的情況下連古靈族都能斬殺。不過，任何地方的英雄都會像這樣受到大肆吹捧。我們這裡的格鬥表演賽只要有新冠軍出爐還不是都會編幾段這種故事，比如一晚能絞殺一打鯊魚之類的。」

「哼。」

名叫埃克哈特的巨漢輕哼一聲。

「五天前，附近海域上出現了來歷不明的大巨人。不知是用了何種神祕力量，竟然可以站在海面上，對巴傑菲德爾展開進攻。不管怎麼看，軍隊和砲火根本不是它的對手，卻被那位正規勇者一劍解決掉了。」

說到這裡，埃克哈特停頓一下，然後問道：「你們是不是覺得吹噓過頭了？」

「這番胡話我是聽過啦，但實在太難以置信了——」

「全都是事實。我親眼見到的就是如此；只不過是站在遠處看就是了。」

誰也沒有回應。

關於大巨人一事，在場所有人當然都知道。大家或多或少都聽別人提起過事情始末。只是多數人都無法完全相信這種傳聞，尤其是那些沒實際目睹過，可信賴的部下也沒在現場的人們。

「不錯。正規勇者是真正的怪物。即使集結我們所有人的力量，也不可能壓制得了那種勢不可當的武力。正因為如此，我們現在必須知道、必須確認。說到底，為什麼那種東西會來到這片大海上？為什麼我們非得受到那種東西的威脅不可——」

儘管無人催促，眾人的視線還是自然地集中到一名少女身上。

「請妳回答，艾德蘭朵．埃斯特利德。」

「她不過是我們店裡的顧客罷了。」

刺人的視線紛紛衝著自己來，艾德蘭朵用厭煩的語氣答道：

「她只是來修一個很重要的武器，在維修結束前都會留在這裡。除此之外沒什麼好說的，也沒有說的必要吧？」

「問題不在那裡。問題不在那裡啊，妳應該很清楚吧？」

埃克哈特緩緩搖頭，表情看起來像是在忍笑。

「在場有人可以斷言自己是善人嗎？沒有吧？簡單來說便是這麼回事。這裡的所有人都與正義勢如水火，因此才會感到害怕。打著正義旗幟的絕對暴力就近在身邊，這件事本身就令人心生畏懼。」

「如果只是與勇者扯上關係就要遭到非議，那你的卡拉森事務所又如何？我可是聽說納維爾特里．提戈扎可和威廉．克梅修這兩個準勇者是你們請來這片海上的喔。」

「我們單純是接受了讚光教會的厚意。就算撇開這一點不看，那兩人作為慶典的幫手也不是多奇怪的人選吧？他們固然是強悍的戰士，但並沒有超越人類的範疇。」

埃克哈特．卡拉森厚臉皮地直言：

「只要對象是人，就能以人的力量來抗衡。然而，遇到天災就沒辦法了。正因如此，平時立場對立的人們才會在這裡齊聚一堂。」

「唔……也是啦……」

艾德蘭朵也不是不明白他的道理。

若不四處與人結怨，是不可能在巴傑菲德爾擔任統治者的。而這種生存之道只在有辦法反殺所有仇家的期間才能成立。

她試著臆測他在想什麼。

那個正規勇者黎拉．亞斯普萊，在巴傑菲德爾這個國家遇見了遭到暴政虐待的可憐弱者。而在得知些許內情後，她燃起絕不寬貸的正義之火，揮動相傳連古靈族都能砍死的劍，懲治那些惡徒。

如同童話中的主角，架空故事裡的英雄作為。

有些涼薄的虛構正義。

然而，像正規勇者這樣彷彿直接從架空故事拉到現實的存在，可能在現實中做得到相同的事情。到時候，這個房間裡的某個人就要在現實中身首分離了。

（……不過，這不可能就是了。）

艾德蘭朵對黎拉·亞斯普萊這名少女的性格略有所知。她明白並接受自己身為勇者的立場，甚至也知道自己是在這個情況下壓抑地掙扎著。

她確實握有絕對的暴力。但與此同時，必須抑制力量的理由以及足以達成這一點的自制力，強硬地束縛著她的行動。

儘管如此，艾德蘭朵還是會猶豫要不要老實交代這部分的內情，更何況這些人大概也不會相信。

（那麼，該怎麼辦好呢？）

這是很麻煩的情況。不過，如果沒辦法笑著克服這點程度的問題，那就有辱埃斯特利德現任家主之名了。雖然這不是她自願取得的名分，但也不能因此輕怠。

「——沒什麼好怕的啦。」

室內一角幽幽飄來一道沉穩的嗓音。

所有視線都驚愕地朝那個方向集中過去。

聚集在這裡的人們，全都是樹敵無數的掌權者。因此想當然耳，每個人都一直謹慎地留意著房內的情況。誰站在哪裡，彼此之間保持著什麼樣的位置關係，這些全都在大家的掌握之中。

而每個人都在這一瞬間懷疑起自己的耳朵。

那個地方明明直到剛才都還沒有人在。

「我說過這種登場方式對心臟很不好吧，老丈？」

眾人視線所向之處，站著一個用紅色破布般的長袍罩住全身的矮小人影，正以老人的聲音隱隱發笑。

「呵，用不著這麼驚訝吧？今天這場陰謀聚會不是也有叫我來嗎？」

「的確有將邀請函寄給你。既然你收到了，麻煩在出聲前先露個臉。」

「那真是失禮了。」

紅色長袍彷彿笑起來似的晃蕩著。他的臉龐藏在兜帽深處，完全看不見表情。

「你剛才那句話是什麼意思？」一名青年問道。「面對連海洋都能劈開的暴力，你卻說沒什麼好怕的。」

「就是字面上的意思。因為我呢，對那些人還算了解。」

老人哼了一聲。

「如果那是正規勇者，而且以後也會繼續當正規勇者的話，那根本不用怕。畢竟他們的人生受制於巨大的束縛之中啊。」

「……所以呢？」

「正規勇者並不是正義的夥伴。說到底，他們是**人類**的夥伴，是**人類之敵**的敵人。」

在無風的室內，長袍微微搖曳起來。

「他們只被允許和威脅到人類的對象戰鬥。要是偏離此道，就會喪失正規勇者應有的樣貌。姑且不談豚頭族士兵或古靈族集團，若對方是作為『人類』在行動，即使再怎麼罪惡深重的人，他們都必須視為守護對象來看待。」

「也就是說，只要對象是人類，他們就什麼都不能做？」

「大致上就是這樣吧。」

老人在長袍下咯咯大笑。

「不過，拍掉飄落的星火還是可以的。相較於原本的全力，十分之一並不可怕啊。」

室內氣氛略有些變化。

是否要相信這番話的猶疑、懷疑對方提供這個情報有何意圖的警戒，以及掩飾不住的安心所導致的鬆懈。

有的人沒有顯露情緒，也有人連氣息都沒發出來。然而，在場每個人腦中都想著同一件事——假設正規勇者真如剛才那番話所述，那麼該如何運用這一點才能讓自己得利。

「——看來就是這麼回事。」

艾德蘭朵平緩且謹慎地組織語言。

「在座之中，若近期內預計會對人類造成危害的話，最好小心一點喔。」

她聽到賽斯家族的巴利「呿！」地小小啐了一聲。

†

在巴傑菲德爾無法行駛馬車。這裡沒有養育馬匹的環境，沒有承受得住馬蹄的地面，也不是以讓馬匹通行為前提來修建道路。

不只外緣如此，即使在內陸（這裡當然沒有陸地，但先不管這一點）「黑色布丁」也一樣。無論權力多大的人，無論擁有多少資產，基本上的移動方式都是徒步。

「妳有，什麼看法？」

聚會結束的回程路上。看準周遭沒有其他人的氣息後，溫蒂．賽斯從彼此護衛隔出的人牆縫隙中探出頭向她問道。

「沒看法，只覺得不想和賽斯家族的人扯上關係。」

「別，這麼說。」

語速緩慢且抑揚頓挫奇妙的賽斯家小姐逕自說下去：

「我知道，兄長他們，給妳，添麻煩了。我，和妳一樣，想除掉，那些人。」

「……所以我就說不想被捲入你們的家族紛爭啊，妳聽不懂嗎？」

她做出忍著頭痛的動作，並撇過頭示意自己與對方無話可說。

「暫且，撇開這個不談。」

「別擅自撇開啦。」

「今天，沒有提到，『餘燼鼠』，的事情，對吧？」

「那又怎樣？」

「拉克雷家族，旗下的，三間店鋪，在這幾天，起火了。」

她停下腳步。

縱使不情願，她還是轉頭迎上對方的視線。

「這情報哪來的？」

「平常那家，報紙商。代價要，四個藍。貴得，不得了。」

報紙商——當然不是字面上的意思。這裡指的是巴傑菲德爾首屈一指的情報商組織。所謂的藍，是對方使用的價格表中列在藍色頁面的**代價**。可以給現金，也可以用其他情報交換，要運用組織力量讓對方圖利也沒問題。橫豎就是不會便宜到哪裡去，亦即這個情報具有相應的價值。

「那些『餘燼』歹徒，完全不管，組織勢力，的範圍。四處都有，他們的，身影，四處作亂。」

溫蒂疲憊地歇了口氣後接著道：

「比起妳，那邊的，勇者大人，實質上，更危險。」

「確實……沒錯……」

她思忖起來。

巴傑菲德爾無論何時都充滿形形色色的問題。而其中格外棘手的事件會冠上各種委婉的字詞來代稱，以避免詳細情報流出。

前幾天剛解決的連續失蹤事件「笑面貓」就是其中之一，而剛才提到的「餘燼鼠」則是另一樁。那是更直接明瞭、更危險、更不可思議、更詭異的**奇人集團**。

「拉克雷家族今天沒有派人出席。不過，卡拉森和戴林格那幾個傢伙跟他們交情很好，不可能沒有掌握到任何情報。再說，單純遇襲這種情報就能抬成這麼高的價格，表示一定付了相當多的封口費。所以——」

她深深吐一口氣。

「妳是想說卡拉森他們有意隱瞞『餘燼鼠』的活動？」

「對。正是，如此。」

「既然這樣，為什麼要告訴我？我跟妳不同陣營，也不是朋友。」

「…………」

「用難過的眼神看我也沒用。」

「妳，不願意，幫助我嗎？」

「剛才就說過了，我不想被捲入你們兄妹的紛爭中。」

「這樣啊。真遺憾。」

溫蒂看起來一點也不遺憾地聳了聳肩。

「那麼，我們就，只是，閒聊一下。下次，也把這些，告訴，妳的客人吧。」

哦哦——原來如此。這才是溫蒂的盤算。

正規勇者黎拉．亞斯普萊，人類最強的聖人。目前只有埃斯特利德家族與這張鬼牌有所連繫，而溫蒂要她拿來對付「餘燼鼠」。假如成功的話，「餘燼」的危機就不會擴及溫蒂自己的地盤，而且還能順便揭穿拉克雷和卡拉森的陰謀（如果有的話）。溫蒂的提議就是如此。

「……單純閒聊的話，就不欠人情嘍。」

「我，知道。」

溫蒂細聲回答，然後嘻嘻一笑。

「對了。」

揮別之際，兩人一轉身背對彼此，溫蒂就開口這麼問道：

「妳沒有戴，平常那雙，紅色手套呢。」

艾德蘭朵不由得倒抽一口氣。

紅色手套，即艾德蘭朵親手製作的護具「朱紗玫瑰」在先前的戰鬥中損壞了。換句話說，艾德蘭朵現在要是受到物理性的襲擊，沒辦法像以前一樣作出抵抗。

溫蒂的意思是，她早已看穿這一點。

「……今天沒那個心情。」

「這樣啊。真遺憾，那個，明明，很可愛，我滿喜歡的。」

佯裝不懂地說完這句話之後，溫蒂・賽斯的背影這次總算消失在視野中。

——唉，真是的。

艾德蘭朵很想對旁邊的牆壁用力揍一拳，但周圍還有護衛們在，於是她放棄了。就是因為這樣，她才討厭賽斯家族的每一個人。

6. 聖劍工房

那麼——

艾德蘭朵．埃斯特利德是天才。

在護符的設計和建構上，她擁有與生俱來的天分。其他技師耗上好幾天都組建不出來的設計，她哼著歌幾秒鐘就能完成。

可能正因如此，或者說是理所應當。

她致命性地缺乏教導他人的能力。

「唉呀，不對啦，在這裡用蠻力會弄到旁邊的咒力線，要經由脊髓迴路發出信號。積蓄的敵意(Slayer)受到一點刺激就會消失，這一點也要注意才行。不過，左邊那個東西要是下手不帶一點狠勁就會形成念瘤，所以你要謹慎又不失大膽，細膩又不失隨性。」

「誰做得到啊！」

少年吼道。

「……果然不行嗎？」

艾德蘭朵問道。

她心想自己又搞砸了。

教導別人的時候，有很高的機率會變成這樣。

有些事她認為很簡單，別人卻未必如此。不對，根本不是這個問題。她憑直覺做出的每一個判斷，都無意間反映出她一路累積下來的知識及經驗——因此任何人都無法理解她的判斷，也無法產生共鳴。這樣的事實明擺在她的眼前。

她早已習慣被拒絕，也做好了覺悟。

所以，她只感到有一點點遺憾。

「——我又沒說不做了。」

少年威廉嘛著嘴，一臉不高興。

「拜託妳一步一步按照順序再解說一遍。我雖然懂基礎中的基礎，但也只懂基礎中的基礎。」

「哦？」

遺憾的心情頓時拋到了腦後。

「你沒有要放棄，還想繼續學嗎？」

「不過是做不到而已，哪能放棄啊。」

實在很像他會說的話，艾德蘭朵不禁開心起來。

「那麼，首先要注意的是平衡。」

她從開頭重新說明。

「所謂的聖劍，原本是各種心願集結而成的一種祈願。正因為亂七八糟，所以不容易散掉。但如果附加了指向性，就會出現些許扭曲，導致強度降低。換句話說，將多餘的敵意特性全部除掉的話，就會是那把劍最純潔無垢的模樣——」

威廉確實沒有天分。

聖劍的調整技術很細膩。要比喻的話，就像是用無數拼圖碎片創作一幅畫。在腦中勾勒大致的整體樣貌，掌握每塊碎片的特性，在需要的地方施加必要的力量。這段過程中，必須領會許多事物，做出許多判斷。而威廉做不到這一點。

不過相對地，威廉很坦率，也很貪心。教給他的內容會直接全部吸收下來，也不經咀嚼，就這樣完完整整地納為自己的一部分。這個方式類似於閱讀書籍時不解讀內文，而是整個默背起來。他放棄理解艾德蘭朵教導的艱澀內容，選擇先學習已經確立的技術。

這種做法非常累人也欠缺效率，但勉強算是切合實際。

來到休息時間。

他喝下便宜的紅茶來補充水分。當然，他不可能用高雅的茶杯小口啜飲，而是倒滿一個大杯子，然後大口灌下。

「你真的很不平均耶。」

艾德蘭朵瞥了少年一眼。

威廉脫掉上衣，只穿著貼身背心。儘管他身形瘦長，但還是有緊實的肌肉。

除此之外，他身上留有無數傷痕。有即將消失的舊傷，也有剛癒合的新傷，每條傷痕看起來都很痛。

「你手很巧，吸收得很快，記性也很好；結果卻致命性地缺乏天分。」

「很多人都這麼說。」

當事人相當乾脆地接受了這個評價。

「雖然能準確地按照人家教的程序做事，但完全沒辦法靠自己摸索、組建程序……妳想說的是這個吧？」

「對對對，就是這樣。你已經聽習慣了嗎？」

「嗯。」

她嘖嘖有聲地啜飲著紅茶。

這時，她意識到換作平常的話，就會聽到副會長斥責「太沒規矩了」的聲音。當然，聲音的主人已經不在這裡了，她只能自主收斂。

「不管在哪個領域，你耗盡一生也無法成為超一流的高手。你沒有那種才能。」

「嗯。包含這方面的評語在內，我全都聽習慣了。」

「……不過，並不是到此為止而已。」

她明白技師總監為什麼想要他。這個少年的確是不得了的人才。

這世上有非常多不具備才能的人，以及接受這一點的人。然而，對大部分的人來說，這方面的事情就到此為止。會認真思考接下來**該怎麼做**的人出乎意料地少。

這個少年知道自己沒有才能，並以此為基礎，追求著如何充實自己才能踏實地登上高峰這件事。

「你絕對無法成為超一流的高手。但是，要達到一流的水準卻很簡單，因為你的吸收力真的很強。以往教過你許多事物的老師們沒建議你往這個方向發展嗎？」

威廉——沒有給出任何回答；相對地……

「妳也覺得那樣比較好嗎，艾德蘭朵？」

他的語調似乎有些不服氣，但又帶著一絲膽怯，就這樣反問了艾德蘭朵一句。

「唔～嗯？」

竟然用問題來回答問題，實在不太有禮貌。不過暫且不談這個，艾德蘭朵猶豫了一下該如何回答。

「這個嘛，一般來說，這麼做比較聰明吧。」

她好奇的是，這個少年為什麼要做到這個地步。

如果是為了心儀的女孩子而力求上進，她倒還能理解，但看來並非如此。她自己也是正值青春期的少女（沒錯），所以察覺得到。威廉．克梅修這個少年的人生原動力，並不是對黎拉這名少女的思慕。

而在談話中，她也大致得出了這個謎題的答案。

他大概單純是看不慣黎拉的生存之道。

正規勇者的生存之道，很輕易就會把一個人的人生改寫成「典型的英雄」。黎拉目前所過的人生，根本不是她該擁有的。這個事實以及接受這一點的黎拉都讓他感到很不爽。開什麼玩笑啊，混帳——他揚起弱小無力的拳頭抗議著。

因此，不是正規勇者的他，決定創下超越正規勇者的表現。

他要藉由凡人也能贏過正規勇者這件事，扭轉「人類無論如何都需要正規勇者」這個大前提，他如此叫囂著、掙扎著。

就常識而言，這明明是做不到的事情。

但他認為，不過是做不到而已，沒道理就此收手。

「有個不管怎樣都不願服輸、不想認可的對象。嗯，這個作為男生一意孤行的理由不是很充分嗎？」

「啊？」

他睜大雙眼看著她。

那眼神似乎在說，至今為止都沒有人跟他說過這些話。

這也是當然的。一般人不會不負責任地叫人不斷追逐天才的背影，更別說是這種會把自己弄得遍體鱗傷的事。

「嗯？怎麼了嗎？」

沒錯。這毫無疑問是不負責任的煽動行為。

不過，就算如此，她還是希望威廉不要放棄。

她希望威廉能讓自己相信，這世上依然有不會放棄的人。

雖然天才總免不了遭到孤立，仍舊有人會不停地緊追在背後。一定也有人會因為這個事實而獲得救贖。

「儘管前途艱辛，但姊姊我會一直支持你喔。」

「呃……那個，該怎麼說才好。」

少年威廉紅著臉背過臉去，然後小聲地嘀咕：

「謝謝……妳？」

他不知為何用疑問句表達了感謝。

†

艾德蘭朵喜歡花窗玻璃。

分成一塊一塊來看的話，只是平凡無奇的玻璃片，染上單一色彩後弄碎成各種形狀而已。不過，用鉛線把大量玻璃片連接起來後，其性質就會大為轉變。原本只會閃閃發光的碎片成為巨畫的一部分，有了不同的意義與作用。

那樣的狀態、那樣的關係以及那樣的架構，很合艾德蘭朵的意。

（……總覺得這傢伙很賊啊。）

她原本的動機只是想要支持這名打算與黎拉並肩站立的少年。然而，當她知道威廉・克梅修的存在形式後，實在無法僅止於此，忍不住想要投入更多熱忱。

縱使沒有偉大的才能，但會搜集許多閃耀的小技術，努力讓自己發出光輝。而這抹光輝，正試圖挑戰那宛如太陽般巨大的寶石。

單單一個人的存在就體現出花窗玻璃的模樣。或者應該說，單單一個人的存在就彷彿是直接摹造了一把聖劍。

而這樣的存在形式，在艾德蘭朵眼中極富魅力。

（糟糕，我可不能有這種想法。）

再想下去的話，她就會真的想要這個少年了。

如此便是完全的本末倒置。她搖搖頭甩掉這些歪念頭。

7. 因為是朋友（1）

現在，威廉應該正在跟艾德蘭朵學習調整聖劍。

大概在狹窄的房間內，兩人共處一室。

當然，別看威廉那副德性，他也是正值青春期的少年。而正值青春期的少年通常都招架不住大姊姊，這是無庸置疑的。如同水從高向低流，太陽東昇西降。

（不過，這對我來說無所謂吧？）

她才不管那個師兄有什麼樣的交友圈。

縱使他喜歡上哪裡的誰，她也覺得無所謂。倒不如說，與一般少年過著不同人生的他，若能經歷一兩樁與年齡相稱的事情還比較健全。

所以，她沒必要在這個時候感到焦急或煩躁。

（我真的真～～的無所謂好嗎？）

她在啜飲著茶的同時，腦中轉著這些念頭。

「……那個，黎拉小姐。」

「嗯？」

「總覺得妳有點恐怖。」

「咦……啊，有、有嗎？」

結果嚇到了探病的對象。

愛瑪．克納雷斯的身體沒有留下任何外傷。

那一夜，約書亞企圖讓愛瑪變成從前的正規勇者，也就是黎拉的大前輩……據說是如此。而這個企圖全面性地失敗了。

不過，約書亞對愛瑪動過的手腳尚未釐清全貌。某些看不見的毒素可能會隔一段時間後再次開始侵蝕愛瑪。何況她衰弱的身心還沒有完全恢復，醫生和席莉爾都研判她眼下還需要在施療院靜養一陣子。

此外，不知為何艾德蘭朵主動表示：「請全力照顧她，一切費用都由我負擔。」這就是愛瑪之所以變成現在這樣——寂寞地躺在白色病床上——的事情經過。

「要說無聊的話，唔……畢竟沒有工作可做，確實滿無聊。」

將用來探病的磅蛋糕撕成碎片送入口中，愛瑪邊嚼邊說。

這個磅蛋糕大概是比較耐放的類型，含有相當強烈的酒精成分，濃到酒量差的人可能聞一下就會醉倒。既然愛瑪一臉沒事地撕著蛋糕吃，看來在飲用水珍貴的巴傑菲德爾，搞不好真的連小孩子都是喝酒長大的。

「不過，大家都會來探望我。妳看，席莉爾小姐還送我這個。」

愛瑪拿出幾本裝訂堅固的繪本。黎拉翻頁確認裡面的內容，發現是九成繪畫一成文字的作品。與其說是給小孩培養智育，更像是不分年齡供人習字的方便教材。

啊啊，對了。巴傑菲德爾的教育水準不高，而且愛瑪從五歲起就沒再受過教育。她大概不識字，而席莉爾留意到這一點，特地選這些書讓正在住院的她打發時間；和毫不猶豫買食物來探病的自己有非常大的區別。

「文字很有趣呢。」

「……嗯、嗯，是啊。」

黎拉抱著敗北的心情應了幾聲。

「……大家？」

這時，她突然在意起愛瑪剛才說的那句話。

「除了我和席莉爾，還有……誰？」

黎拉想到的還有艾德蘭朵．埃斯特利德。但不知何故，她固執地不願意讓愛瑪看到自己的臉，所以應該可以排除。

「像是威廉，還有納維爾特里先生……之類的。」

喔，對對對。

說起來那兩名準勇者也有幫忙救出愛瑪。

「啊，對了，黎拉小姐。妳之前提到有個『認識的人』……」

「嗯？」

黎拉產生疑惑。

「妳當時說的是納維爾特里先生吧？」

「嗯……嗯？」

黎拉再次產生疑惑。

（剛認識愛瑪的時候……有提到她跟我認識的人的女兒很像……她還問我那個人帥不帥，總覺得當時的對話很像戀愛劇裡常有的會錯意情節……等一下。）

「愛瑪，我跟妳說喔。」

「其實呢，我非常能夠認同。納維爾特里先生確實很帥，看起來就是個出色的大叔。
雖然威廉也不錯，但目前還是比不過大人的魅力。」
「慢著，不是那樣啦。」
「我知道、我知道，他有個年紀跟我差不多的女兒吧？所以必須隱藏自己的心意，更不能讓他發現對不對？嘻嘻。」
嘻嘻個頭啦。
從根本上就大錯特錯。
說來也是，按照世間一般女性的標準，納維爾特里．提戈扎的確是很有魅力的男性。
黎拉沒打算針對這一點批評什麼，不過她和他幾乎沒說過話，更何況愛瑪一開始會錯意的「認識的人」並不是他，而是另一個人——
（…………不行、不行。）
她剛想說出威廉的名字便作罷。
愛瑪對黎拉「認識的人」已有既定印象，那就是「帥氣的年長男性」。要將威廉套入這個印象，必須解開誤會並解釋許多事情。也就是說，黎拉要主張威廉更帥氣，描述他過去的表現，用道理說服愛瑪。

這是哪來的懲罰遊戲啊？

當然，想做的話或許辦得到。但是，她沒這個打算，也不想有這種打算，嗯。

「不過……」

愛瑪不顧還在苦惱的黎拉，逕自繼續說：

「大家都是很厲害的人，所以我不太懂，總覺得非常抱歉。這間施療院也是，為什麼要對我這種人這麼溫柔呢？我又拿不出錢，內臟應該也不是很健康，所以賣不出去喔？」

……啊。

「這個嘛，我想想。」

黎拉很想咂嘴，竟然沒人跟愛瑪解釋過情況。不過，確實很多事攪在一起把情況搞得很複雜，難以啟齒也是正常的。

妳是被捲進埃斯特利德家內鬥的犧牲者，所以埃斯特利德的會長命令要對妳厚待一些——施療院的部分就這麼說明好了。

妳直接參與到內鬥最激烈的時候，所以他們兩人很想知道事發經過——關於威廉和納維爾特里就這樣吧。

再來是……

「其他人我是不曉得啦。」

關於黎拉．亞斯普萊的部分。

「我的話，是因為我是妳的朋友啊。」

「咦？」

「……呃，奇怪。幹嘛這時候愣住啦？」

「咦？沒有，那個，就是，我想……是的。」

愛瑪害羞了。

她撇開微微泛起紅暈的臉龐。

見到這個反應，黎拉也感到有些難為情。

「……嗯。我說的話有那麼奇怪嗎？」

「一點也不奇怪，可是……畢竟我是這副模樣。」

「這副模樣？」

「眼睛長這樣。也沒有錢，內臟還很不健康。」

為什麼要這麼拘泥於用內臟換錢啊？

話說如今會買下少女新鮮臟器的人，也就只有超小型咒術門派星輪的咒術醫師吧。但他們早就瀕臨滅絕了，不可能這麼剛好出現在這附近。

「當妳遇難時以友情價出手相救——我不是這麼說過嗎？」

「呃，其實，那只是順著話題隨口說的，只是個小玩笑而已。」

愛瑪很慌張。

「……這麼鄭重地稱為朋友……讓我有點不知所措。」

也對，確實會這樣。

她很了解愛瑪的心情。

畢竟回想起來，黎拉自己也差不多是如此。

黎拉．亞斯普萊起初作為迪歐涅騎士國的公主出生。在該國滅亡後，她就變成流浪各地的亡國公主。經過年邁忠臣的指導與無賴師父的鍛鍊，她開始以正規勇者的身分活躍於世上。

沒錯。這個少女的人生一直以來都有響亮的頭銜相隨。

她認識的每一個人，比起她的長相，最先關注的都是那些頭銜。少了那些頭銜，她就認識不了任何人。

（……我知道這叫自作自受。）

她是自己要躲在那些頭銜後面的，她對此有自覺。

對於打算正視黎拉．亞斯普萊的人們，她都會特地戴上前公主或正規勇者之類的面具，隔一段距離與他們相處——她非得持續這麼做不可。

因此，在沒有那些頭銜介入下單純偶遇的愛瑪．克納雷斯面前，黎拉才能夠毫不猶豫地以一般**朋友**自居——

（這是我第一個朋友嗎？）

她再次意識到這一點，甚至嘗試化為話語之後，還是有股強烈的怪異感。這種急躁、害臊與青澀的感覺是怎麼回事？她自認人生一路走來充滿動盪，卻在十三歲才總算交到了第一個朋友嗎？

她不想被其他人知道這件事，尤其是威廉。

要是被嘲笑倒還好。若是他用溫柔的眼神說「真是太好了」這種話，她不宰掉他絕不罷休。

「啊。」

愛瑪忽然身子一晃。

黎拉趕緊……不，其實是相當有餘裕地扶住她的肩膀。

「唉呀，抱歉、抱歉。妳才大病初癒，我還讓妳勉強自己。」

「咦……不，並不是那樣……奇怪了……？」

愛瑪的聲音帶著困惑。她似乎真的全身都使不上力氣，拚命抓著黎拉撐住身體。她的眼神也很呆滯，不曉得聚焦在什麼地方。

黎拉輕輕拍了拍她的後背。

「妳再多睡一會兒吧。我會等妳恢復健康的。」

「好……好的……」

讓愛瑪躺回床上後，黎拉幫她蓋好毛毯。

8. 準勇者威廉・克梅修

鍛鍊並不是一味地劇烈運動。

打個比方，只以最低限度的力量站直身體的動作，其實意外困難。人類的肌肉生長並不均衡，無論如何都會導致姿勢略為歪斜。換句話說，做出接近完美的姿勢，便能自然地矯正肌肉失衡。只要理解這一點，即使是單純的站立行為，也可以集中促進缺乏鍛鍊的肌肉發育，變成良好的修行方式。

從前在戰場上相識的高手藉由這個概念練出無數種鍛鍊方法。站立、行走、坐下與睡覺，透過日常生活中的所有行動將身體鍛鍊成一把利刃。與他相識的過程中，少年只學到一小部分的鍛鍊方法，但已經具有十足的意義，或者說他本人認為學得很足夠了。

他從大陸搭船到巴傑菲德爾花了六天左右。船上沒有實戰，也沒有大肆發揮的空間。但在這段期間他也沒有停止鍛鍊，還從同行的同僚那裡學到了各種技術。

總結起來，沒錯——他毫無疑問變強了。

相比從前，現在更強。

相比昨天，今天更強。

將一路所學的內容化為實踐，讓自己變得越來越強。儘管如此——

「唉……」

少年威廉・克梅修重重吐出一口長氣。

眼前是一扇巨大的窗戶。窗戶另一邊是凹凸落差極大的木造街景，再過去則是一望無際的大海。

就在前幾天，這片大海上發生了巨大騷亂。

突然不知從哪兒冒出一個翠銀色巨人，一邊掃倒船隻一邊走在海面上，往巴傑菲德爾迫近而來。

這個不合常理的事態，被另一個更不合常理的存在解決掉了。海洋被劈開，船隻粉碎，總之引發形形色色的大規模破壞，最後巨人死了。死因並不是前面列舉的破壞所致，而是貫穿頭頂的一擊，以及經由這一擊編織起來的特大詛咒。

威廉並沒有親眼確認到整場戰役。不過，他大致明白是誰做了什麼才會變成那樣。畢竟那正是他至今一直埋頭於戰鬥和鍛鍊的理由，也是他在這裡不斷哀聲嘆氣的原因。

黎拉．亞斯普萊。

她是威廉的師妹，也是第二十代正規勇者，一個十三歲的女孩子。

無論他變得多強，感覺也無望追上她。就是這樣的對手。

「實在不覺得差距有在縮小哪……」

按常識來看，威廉進行的鍛鍊過於充分，正常人都會認為他得到了過剩的力量。以十四歲這樣小得離譜的年紀，便已經與在世界上名列前茅的高手們齊名。

然而，這無法對他起到任何安慰作用。

他的目的還沒達成，伸出去的手還沒碰觸到那個背影，所以他現在還不能停下腳步。不能回頭看自己衝刺過來的道路，甚至連確認腳下都不可以。

不管他變得多強、變得多了不起，必須不斷向前的焦慮依舊持續縈繞於心中。

「──有煩惱嗎？」

一道低沉的嗓音往他靠近。

「有煩惱啊。」

威廉頭也不回地嘟囔回答。

「話說，就大叔你一人嗎？那個奸笑鬍子臉呢？」

「你指納維爾特里的話，他去巡視城裡的情況了。好像對娛樂區很感興趣的樣子。」

那不就只是上街玩樂而已嗎？

「……我們姑且還是帶著正式使命來的啊……」

「正因為是使命才沒關係啊。並不是委託或任務，只要能夠達成目的，過程可以通融一下吧？」

「唉，這確實很像那個奸笑鬍子臉會講的歪理啊。」

威廉用無言的眼神轉頭一看，聲音的主人映入視野中。

有一頭熊站在那裡。

（……不對，這姑且還是人類吧。）

那是相當偉岸的巨大身軀。

高到必須抬頭看的身材布滿粗厚得誇張的肌肉，穿著款式老套的寬鬆法衣、如同埋在肉裡的脖子上是中年男子彷彿被打磨過的光亮禿頭。

「你這麼說沒問題嗎，埃克哈特先生？」

「嗯？」

「你也算是讚光教會的人吧？」

威廉指了指中年男子身上的法衣。那件法衣是橙色的，只有具備一定程度地位的祭官才能穿。

「喔，對，說得也是，我被賦予了這樣的立場。不過這裡是跨越大地盡頭的另一端。假如星神的威光會減弱，那麼祭官的信仰也一樣。」

他輕輕拍著禿頭，說出相當厚臉皮的一番話。

「……你講這種話真的沒問題嗎？」

「沒什麼，我從不掩飾。再說，我要是忠於祭官的立場，就不可能用這種口氣對準勇者說話吧？」

這個……確實如他所說。準勇者是讚光教會認定的聖人，若論地位高不高，那當然非常高，不容許草率對待他們。

「如果你希望受到敬重，我當然願意端正自己的態度。」

「不要啦，太倒胃口了。」

威廉上下擺了擺手。

「我可是個俗人。」埃克哈特站到威廉身旁。「相較於大陸人民，這個國家的居民無一例外都比較功利一點。而這件法衣真要說的話，就像是變相的契約證明。多虧這件法衣，遇到像這次的事件之際才能要求派準勇者過來。」

「真有說服力耶……」

「是啊。不過，我確實是信徒。要問多虔誠雖然不太好回答，但讚光教會的教義我都了解透徹，而且也深得我心。」

「啊？」

「像是強者必須守護弱者這類的記述。從弱者的立場來看，沒有比這個更值得感激的教義了，更別說教會還願意實踐這一點出借戰力。」

這實在是相當功利且庸俗的思維。只不過——

「你這個體格怎麼能說是弱者啊？」

理所當然會冒出這個疑問。

即使重新打量，無論看幾遍，埃克哈特都是個巨漢。光憑那副體格，就算跟熊扭打成一團感覺也未必會輸。

「我一直希望能成為強者。為了得到力量，為了做好準備，我也付出了努力。所以我才發現，有一道無論如何都跨越不了的高牆擋在自己面前。」

埃克哈特語氣平和，卻夾雜著幾絲苦笑。

「我有信心自己不屬於弱者那一邊。要在巴傑菲德爾這裡生存下去，必須具備這份自負。但是，正因如此才有所領悟，那就是我獲得的力量遠遠不及過去所追求的事物。」

「哈哈。」

威廉小聲笑了笑。

「……我懂你的心情。」

「你這個準勇者看起來也已經夠強了吧？」

「我希望自己能變得夠強，目前也正拚死拚活地努力中。我和你之間的差別，就是我所做的掙扎還不足以當往事回顧。」

喔，原來如此——埃克哈特輕笑一聲。

「既然是少年，就該極盡所能挑戰自己。無論結果是榮耀還是挫折，又或者兩者皆非，想必全都會成為寶貴的財產。」

「好像真正的祭官會說的話啊。」

「沒有那麼了不起啦。只是長輩常掛在嘴邊的無聊牢騷——啊，不過，應該不只如此而已。」

巨大的手掌輕輕放在少年威廉的肩膀上。

威廉抬起頭，兩人視線交會。

「這是為你加油，畢竟你我都抱持著相似的煩惱。儘管以我們的立場這麼說不太恰當，**但我將你視為朋友來看待**。」

埃克哈特的紫色眼眸泛著沉靜溫柔的笑意。

「…………啊？」

這一瞬間竄過一陣古怪的異樣感，令威廉皺起眉頭。

然而，他沒有掌握到異樣感的來源，於是模稜兩可地笑了笑移開視線。

「嗯，我就先道聲謝了。」

他回了這麼一句空洞的話語。

9. 蠢蠢欲動之物

已經連悲鳴都聽不到了。

先說明一下這裡本來是什麼地方。這裡是所謂的非法賭場，房間沒有窗戶，牆壁也厚得聲音傳不出去。以暗紅色為基調的裝潢散發安定的氛圍，搭配輕柔的鋼琴演奏。主要客群為上流階級的下層，即具備一定財力但還想賺更多錢的人們。賭博方式有卡片、轉盤，以及使用西高曼德規則的骰牌遊戲。

當然，現在已經不同了。

這個地方直到傍晚為止還是賭場。在**襲擊者們**踹門湧入後沒多久，這裡就變成戰場了。接著，經歷過只有一方強勢碾壓的戰鬥後，這裡變成了刑場。

襲擊突如其來，而且是同時從正門和後門殺進來，所以沒有一人逃得掉。襲擊者們持著利刃一個接一個地砍殺。慘叫的人、求饒的人、呼喊律師的人、反抗的人、發呆的人與躲進廁所發抖的人，凶刃全都一視同仁地奪走了他們的生命。

若有人從遠處觀戰，應該會對這幕駭人的景象及另一股異樣感皺起眉頭。

因為，那群襲擊者是詭奇的集團。

有男有女，有老有少；有街頭風格的少年，也有衣著莫名體面的紳士。

而他們每個人別說猶豫，表情根本無一絲動搖，就這樣揮動著同樣的刀子將全場屠殺殆盡。然後完全不在意四處散落的硬幣，用充血的——不，是散發淡紫色光芒的眼睛環視屋內。

「結果如何？」

一道悠哉的老人嗓音響起。

屋內十幾個人同時身軀一顫，看向聲音的主人。氣氛非常緊張，膽子小一點的人可能會直接暈倒。

他們的視線與警戒心所向之處，果然站著一名用紅色長袍藏住身形的矮小老人。老人環視一周襲擊者們的長相後說道：

「……話說，怎麼又換了一批人啊？我到底要跟誰說話才好？」

誰也沒有動作，也不開口說話，現場出現一瞬的寂靜。

接著響起輕微的地板嘎吱音。只見門開啟，內側房間走出一名抱著幼童的女人。

「哦？品味不錯嘛。」

「還比不上從背後悄悄接近同伴的你。」

口齒清晰回應老人玩笑話的，是女人抱在懷裡的孩子。

「哈！別介意嘛。我呢，從以前就**很不起眼**，所以才能活這麼久啊。」

老人呵呵笑地擺擺手。

「不說這個了。差不多找到目標了吧？」

「是啊，跑了四間後終於找到了。」

另一人——這次是駝背壯漢從內側房間走出來。

他手裡拿著一個纏著白布條、又大又長的東西。

沒有人給予指示，壯漢就自己解開白布，露出裡面的東西。可以看到純白的劍柄與毫無裝飾的同色劍身。也就是說，那是一把聖劍。

「噢、噢！」

老人的嗓音充滿喜悅。

「本來只知道它藏在拉克雷家族旗下某間地下店鋪裡，真是耗費了一番工夫啊。你在找的就是這個沒錯吧？」

「對，就是這個。」

聖劍被交到老人手上。

「約書亞・埃斯特利德的苦惱與努力的結晶，古聖劍潔爾梅菲奧的仿製品。姑且不管它遠遠比不上真貨，哦，這也是頗不得了的好劍嘛。」

老人「喝！」地做出注入力量的動作，便見構成劍身的護符間隙發出微光。這是聖劍的基礎功能，握住劍柄的適格者只要催發魔力，聖劍就會配合地主動催發力量。

「雖然沒有名字，但據說暫定為『石笛』。應該是比作古時請神儀式的祭器吧，不覺得真是詩意與格調兼具嗎？」

「不知道，沒興趣。」

對方用一句話打發掉，老人狀似無聊地嘀咕道：「是喔。」

「這東西對我們的計畫有什麼幫助？」

小孩問道，而老人則「嗯……」地思忖一下後回答：

「——要殺掉現役的正規勇者嘛，本來是近乎不可能的事，光是能造成損傷就堪稱奇蹟了。不過，問題並不在於正規勇者能施展精妙的武術躲開一切攻擊，或是身體異常強壯之類的。而是**本來就注定如此**啊。」

「聽起來不像現實裡的事啊。」

老人深深點頭。

「這正是關鍵所在。粗略來說，所謂的正規勇者呢，就是一齣戲，像是那種創造出來的舞臺劇。擁有帥氣背景的主角，以不可理喻的最強力量接連橫掃雲集的強敵。在這種刻意製造優勢的故事裡，會需要主角受到無聊小傷這種情節嗎？就是這樣。」

他愉快地連連拍手。

「不用擔心啦。既然對手是舞臺劇，那就在劇情裡處理掉就行了。正好現在演員都在舞臺上，就讓我來準備最精采的劇本吧。你看，連小道具都備妥了。」

聽到老人這麼說，小孩不發一語地——將視線瞥向旁邊。

直到剛才都一動不動看著他們兩人談話的其中一名襲擊者，擊落小孩視線所向的壁掛燈具。毀壞的油燈點燃了長毛地毯，只見火焰緩慢但確實地擴散出去。

除了老人以外的所有人都用無動於衷的眼神注視著火焰。

老人再次呵呵一笑。

「這可是少有的舞臺呀。盡情享受演出的角色吧，『餘燼鼠』！」

「哼。」

小孩一臉無聊地哼了一聲──閉上了眼睛。

與此同時，老人以外的在場人們，也就是襲擊者們全都突然斷腳似的頹然倒地。然後，所有人再也沒有任何動作。

老人繼續笑著，笑著，不斷笑著……

而後，他的身影直接原地消失，現場只留下笑聲的回音。

這個地方原本是違法賭場。

襲擊者們在傍晚上門沒多久，這裡就變成了戰場。交戰結束後，又變成了刑場。

再後來，火焰焚燬一切，淪為單純的灰燼與黑炭。

X．古老怪物的心願（1）

這是很久很久以前的故事。

某個深邃的森林裡，住著一個醜陋的怪物。

皮膚宛如腐泥一般潰爛，額頭上長著巨大的角。

此外，還有不知從哪兒飛來、不斷圍繞在身邊的不知名毒蟲。

不知道從何時出現。

也不知道從哪裡來。

怪物什麼都不記得，也絲毫不在意。

只是就這樣待在這裡、生活在這裡，過著每一天——

†

某天，**牠**在森林小徑上發現一個昏倒的男人。

那是身穿白銀鎧甲、佩帶細劍，打扮體面的騎士。

這個人進入森林打算與某個對象戰鬥，卻大意地遭到蛇吻而瀕死。到這裡為止的經過一目了然。而且，要是放著不管的話，他大概撐不了多久。

牠急忙趕往森林深處，衝進魔法師婆婆的小草屋，確認屋主不在後，抓起一塊黃銅符就跑了出去。

這是施展幻覺的魔法護符，可以在短時間內讓醜陋的怪物看起來像是人類。

按照原路返回後，確認騎士依舊——沒有被森林裡的野獸啃食掉——躺在原地，接著再將騎士搬到泉水旁邊。

褪下鎧甲、清洗傷口，搗碎藥草嘴對嘴餵他吃下。還將靠過來獵食的野狼嚇跑，拚命地照顧著這名騎士。

多虧怪物的捨身救助，騎士恢復意識，微微睜開雙眼。

『這裡是……』

牠高興地探頭看著騎士的臉龐。

彼此視線交會。

『你是……？』

自己是什麼呢？

牠正打算開口，又立刻吞了回去。

這個騎士的意識還很模糊，看不清眼前的事物。也由於黃銅符還在運作的緣故，他才會一心認為是某個陌生人類在自己身邊。

但也就僅此而已。

這個小小護符只能偽裝身姿。仔細端詳的話，想必馬上就會察覺到不對勁，一旦觸摸皮膚就會發現對方不是人類。更別說發出聲音絕對是下下策，幻覺會直接在那一刻破滅。

騎士的性命已經無礙，自己沒必要繼續待在這裡。

牠將裝滿清水的水桶輕輕放在騎士身邊，從動彈不得的他身邊離開。

『……所以，你想要更澈底地變成人類？』

於是，再度回到老婆婆的小草屋。

做完事情回來的鷹勾鼻老嫗嘲弄著**牠**。

『你見那個男人想做什麼？想索求財寶作為救命之恩的謝禮嗎？還是說，想央求他成為你的配偶？可別跟我說你只要遠遠看著他就滿足了啊？』

老婆婆這麼問道，**牠**卻無法回答。

牠什麼都沒想過，而且還是在老婆婆詢問後才察覺到這件事。

遠遠看著他就好，或許最接近正確解答。然而在那之後，在看到騎士的模樣之後，**牠**認為自己內心有所期望。儘管還不曉得具體來說期望著什麼，但一定有這樣的念頭。

『算了吧、算了吧。太靠近人類肯定不會有好事。聽好了，我這不是忠告，而是預言。以我的銀瞳起誓，你去找他絕對會遭遇不幸。』

牠並不是沒聽見這些威脅的話語。

但**牠**沒有退縮。何為幸福，何為不幸，屆時再由自己做判斷。因此**牠**頑固地堅持著。

『唉……受不了。』

最終，老婆婆妥協了。

『真是拿你沒辦法，來吧。』

老婆婆戴上手套，從祠堂深處一個黑褐色的木盒裡謹慎地取出幾塊金屬片。

『未染色的炭金。』

牠戰戰兢兢地接下這個後世稱為亡失物質或**灰質**的神祕結晶。

『原料是幽暗洞穴的最深處才採集得到的特殊鐵礦，再由土龍鍛造而成。你就用這個來創造護符吧。作法我只說一遍，你可要聽好了。』

牠點點頭。

第一個材料是月光。

從樹葉的間隙滴落，以銀杯盛裝。

第二個材料是報死鳥的尾羽。

登上險峻山岳，趁其在山脊休憩時悄悄拔下尾羽。

第三個材料是蛇尾雞的蛋殼。

避開致命的視線，偷偷靠近巢穴盜走。

將搜集起來的材料熬煮、攪拌、敲打、塗抹、晾乾，然後——

三個護符大功告成。

各自散發著金黃色的妖異光芒，比自己的拳頭稍微小一點的護身符（Amulet）。

『這些護符可以讓你變成人類一段時間。但是……』

老婆婆坐在小草屋深處，以乾啞的嗓音說：

『持續使用的話，你本身會產生抗性，導致效果減弱而出現破綻。這個魔法終歸有一天會失效，這件事你千萬不能忘記。』

牠用力地點點頭。

早在找這位老婆婆商量此事之際，**牠**就接受了可能招致的嚴重後果。不管說幾遍，**牠**都不會感到退怯。**牠**只管雀躍地想著自己即將變成另一種樣貌。

用線穿起護符。一個戴在脖子上，兩個繫在左右手上。

†

——這是很久很久以前的故事。

從某個深邃的森林裡，跑出了一個原本是醜陋怪物的存在。

想再見到那名僅有一面之緣的騎士。

並且也希望騎士能看見自己。

懷著這點小小的心願，闖進了人類的國家。

「通往人為悲劇的陰暗單行道」

-masked actors-

1. 勇者這一行

飽含溼氣而帶有沉甸感的風拂過臉龐。

望向遠方，便見筆直的地平線在視野中由右往左貫穿而過。連一座島影都看不到，堪稱完美的海上風光。

再次往腳邊一看，自己正站在一塊不寬不厚的脆弱木板上。再往下探去，能看到差不多隔著一座小型瞭望塔的高度之下，是波浪洶湧翻騰的海面。

（——即將面臨死刑的海賊就是這種感覺吧。）

她心不在焉地想著。

不曉得是不是看準了時機，這時候正好有闖入者從眼下的海洋衝來。遍體鱗傷的裝甲船、拉著裝甲船的無人小船、小船上流淌鮮血的貨物，以及被血腥味吸引過來的大鯊魚。

「噢噢……」

以狩獵而言，這是相當傳統的做法，發出聲音驅趕或利用誘餌來誘導獵物進入陷阱。

究竟是這套理論在捕魚界也通用，還是因為這次的獵物比較特別，黎拉這種外行人無法判別。不過，她自己並沒什麼興趣，也沒有弄清楚的打算。現在最重要的，沒錯——

扮演那關鍵的**陷阱**，作為在此埋伏的殺機。

卑獸（Vulgar）。

嚴格來說，這並不是種族的名稱，而是一種現象。意指野生動物中極小機率誕生的異常種，或者藉由異常種誕生的突變體。

卑獸比原生父母具備更強韌的筋骨，性格極度暴躁。人類自不必提，牠們對周遭一切動植物都是有害而無益。就連相當於血親的野獸也毫不留情地展露敵意，因此才以「無禮者（Vulgar）」稱之。

卑獸被指定為一經發現就要立刻消滅的怪物，由冒險者、騎士及準勇者等具有戰鬥能力的人負責處置。通常都要付出龐大犧牲才得以勉強擊退這樣的威脅。

牠們的體格大致遺傳自父母。然而，即使是看似無害的小動物，光是作為卑獸誕生下來就注定帶有令人驚駭的危險性。過去曾有變成卑獸的野兔毀掉一支騎士團的一半戰力；變成卑獸的狗可以輕鬆毀掉一座小村莊；熊的話甚至擊退一支軍隊都不奇怪。

至於變成卑獸的鯊魚，則是其中最棘手的類型。

牠們輕輕鬆鬆就能咬碎堅固的船底，然後接連捕食從沉船裡逃出來的船員。就算想出手討伐，敵人可是水中生物，光從船上丟魚叉根本連牽制的作用都達不到，當然也不可能潛入水裡與其對峙。在形形色色的怪物中，尤以牠們格外難對付。不過——

「嘿咻！」

少女輕喝一聲，縱身躍到空中。

短暫下墜後，她將手裡的大劍深深刺進腳下的敵人，也就是鯊魚的背脊。對鞋底傳來的滑溜感「噫呀！」地小聲驚呼的同時，她也讓大劍內部狂湧起來的力量與自身體內催發的魔力達成同調。

大鯊魚可能是痛覺反應較為遲鈍，直到一切都來不及之後，牠才察覺到異狀而扭動起身軀。

「噢、噢噢噢、噢！」

這時候被甩下去可就難堪了。說實在的，難堪的行為不適合出現在救世的勇者身上。她腳下稍微使勁，站穩身子。

劍身靜靜地迸發出白光。

有人說，魔力就像火焰。

摸不到、抓不著、不能保存，也無法將魔力本身投射出去，必須伴隨危機才能產生，沒有犧牲就無法維持。如同火焰在觸碰到的可燃物之間**延燒**一般，聖劍的魔力會呼應使用者催發魔力而高漲起來。超過限度的力量則會引發超乎預期的破壞力。

頃刻間，海水沸騰起來。

浪潮洶湧，狂風呼嘯，海面動盪，周遭一切事物皆遭到滾燙的熱水澆淋。

彷彿慘叫似的劇烈抽搐一下後，這隻鯊魚——在巴傑菲德爾東南海域占地為王的臯獸，就這樣輕易地葬送了生命。

†

「哎呀～哈哈哈！搞砸了、搞砸了。」

黎拉・亞斯普萊盡可能輕鬆地笑著。

「平常用習慣瑟尼歐里斯，一用起其他劍就很難控制魔力。溢出的力量把海洋都煮沸了，還差點掀翻回程要搭的船，剛打倒的那隻鯊魚突然間就熟透了。」

「妳吃了嗎？」

聽到這個問題，她搖了搖頭。

「怎麼可能吃啦，絕對會拉肚子。」

「妳的身體沒有脆弱到吃點毒就會拉肚子吧？」

「是這樣沒錯啦～」

毒對正規勇者無效。並不是因為他們的肉體很強韌或已經習慣毒性，無效就是無效，這是一個單純的事實。

他們本來就是這樣的存在。

「不過有幾個興奮的船員好像很想嘗嘗看，只是被周遭的人揍了一頓制止了。」

「是喔～」

坐在木箱上的少年淡聲附和一句。

那隻鯊魚是卑獸，而卑獸對人類來說是巨大的威脅。再加上一般人拿卑獸束手無策，所以消滅這類威脅是正規勇者的重大職責之一。

雖然她不是為了解決卑獸才來到巴傑菲德爾，但既然遇到了就不能放著不管。與在苦惱不能接近那片海域的船員們商量過後，斷然實行了這次的討伐行動。
順便補充，這次和正規勇者以往的戰鬥有兩個很大的差異。
第一個差異在於有協助者。畢竟總不能叫她游到那片有卑獸的海域，因此請船員們開船載她到可供立足的人工島，將目標誘導過來的作戰也交由他們執行。
不用說也知道這樁差事極度危險，縱使這次算是平安落幕，實際上完全有可能出現死傷。所有船員都笑著完成了任務，所以她認為這次真正展現出勇氣的並不是勇者，而是那些船員。他們值得讚賞。
再來是關鍵的第二個差異。
「對了，我的帕西瓦爾呢？」
「哎呀，哈哈哈～」
她邊笑邊把手裡的東西給他看。
那是一個白色的劍柄。
不對，那原本是一把劍，只是剩下劍柄而已。
「對不起，融化了。」
「…………啥？」

「對不起，我真的很抱歉！」

「不是啊，我該怎麼說妳才好。」

少年用手撐著臉頰，刻意地大嘆一口氣。

聖劍是正規勇者、準勇者及少數厲害冒險者所使用的特殊武器。

打造方式並不是鑄造、打製金屬，而是將好幾個護符用咒力線連結起來。配合使用者催發的魔力及敵人實力來增強自身力量是聖劍獨一無二的特性。

正規勇者黎拉・亞斯普萊本來有專用的特殊聖劍。但出於某些緣故，目前正在修理中，或者說清洗中。無奈之下，她才會借用威廉・克梅修的佩劍去討伐這次的畀獸。

「平常用習慣瑟尼歐里斯，一用起其他劍就很難控制魔力。溢出的力量把海洋都煮沸了，還差點掀翻回程要搭的船……」

「剛才聽過了。」

威廉刻意地仰天長嘆。

「算了，反正是教會發的便宜貨。妳自己去跟那些禿子祭官解釋喔。」

「喔……當然可以啊……」

只要是聖劍，就是貴重的祕寶。儘管「便宜的聖劍」這種說法很奇怪，但一言以蔽之，那把劍確實是如此。產品名稱為「帕西瓦爾」的那把劍，是市面上買得到的量產品，屬於最低階的聖劍。

只有被選上的人才能使用聖劍，使用高階聖劍時必須具備某些特殊才能。而威廉這名少年只具備勉強達到最低限度的才能，他頂多只能用帕西瓦爾這種劍。

根據威廉本人的評價，帕西瓦爾是非常好用的一把劍。它沒有背負著特殊的傳說，上任何戰場都可以，也沒有顯現獨特的異稟，強行做些客製化也能運作；雖然魔力共振性能的極限很低，但依然遠超最低水準，只要不是以力量硬拚就不成問題——諸如此類云云。

原來如此。她懂這個道理。

因為構造簡單而能夠配合使用者的創意，這是成為好工具的原因之一。要是用蠻力硬拚導致毀損，當然只能歸咎於使用方式與使用者了。

也就是說，某個正規勇者做的事情就像是將森林火災等級的火力扔進家用爐灶裡，一切錯都在其身上。

「話說回來，妳狀態真的那麼不好嗎？」

「咦？」

「妳並不是因為敵人太強才掌握不好威力吧？照常戰鬥卻讓威力失控到這種地步，未免太不像所向披靡的正規勇者了。」

「咦……呃……」

沒錯。現在的黎拉．亞斯普萊確實還沒恢復到萬全的狀態。

她和瑟尼歐里斯一樣中了麻煩的詛咒。身體有點發燒，思緒也有點模糊。

不過，都只是「有點」而已，要當作失誤的藉口稍嫌勉強。再說——

「沒事。這次單純是我犯蠢罷了。」

她不想讓這個少年為自己擔心。

自己不能成為被擔心的一方，更別說對這樣的自己感到開心。

威廉．克梅修心目中的黎拉．亞斯普萊，就是個神氣活現又莫名其妙的師妹。這個立場不能動搖。

「……真的嗎？」

「大概是因為前陣子才施展過大招，還沒有脫離那種感覺。反正就是這樣，你不用擔心我的身體。或者應該說，你想為我操心還早了一百年呢。」

故意講這種討人厭的話來逃避問題。

喔，是喔——威廉不高興地撇開視線。

這樣就好——黎拉如此想著。
他們兩人之間必須保持這樣的關係才行。

2. 埃斯特利德商會的店面

「妳把聖劍……融化了……？」

誰都不能責怪她對此感到目瞪口呆。

不，光是能表現出驚訝就很值得讚賞了。一般人根本不會相信這種胡言亂語。

「妳看。」

桌上擺著證據。原來如此，這劍柄確實是勉強保留著原型的破損聖劍。

「……喔……喔，這樣啊……」

望著聖劍的殘骸，艾德蘭朵逐漸明白了幾件事。

劍身消失但劍柄仍留著，表示招致如此事態的當然不是單純的熱量所為，而是劍身部分與使用者共振魔力的功能失控了。

「這是帝都工房製作的帕西瓦爾嗎？」

「原本是。」

若是如此，這把劍的基礎設計應該和艾德蘭朵知道的一樣。

少少的咒力線，沒有特性的護符，彷彿將省力發揮到極致的範本式構造。雖然無可反駁是便宜貨，但反過來看的話，確實符合追求「以理論上的最低成本來成立聖劍系統」這一派的邏輯。從結果來看，最後造就的這把聖劍不僅選人標準比其他聖劍寬鬆，發揮性能時所消耗的魔力也比其他聖劍少。

沒有多餘的部分，沒有扭曲的餘地，就是如此簡單的構造。因此在某種意義上，帕西瓦爾可以說比其他更高階的聖劍還要優秀。

舉例來說，有一把劍叫做印薩尼亞。這把劍所顯現的異稟是擱置使用者的恐懼，在戰鬥中不會膽怯畏縮。然而換句話說，就是必須在赴往「理所當然會畏懼的戰役」時才能充分發揮出所有性能。不僅如此，由於印薩尼亞本身是以活用這個異稟為前提打造而成，這個構造在目的不同的戰役中可能會造成阻礙。

帕西瓦爾就完全沒有這種風險。這把劍沒有特殊功用，換言之，它可以靈活地按照使用者的意思，運用於任何不具特殊意義的用途上。

「……原來是這樣啊。」

艾德蘭朵在心中做了推測。

這位黎拉．亞斯普萊大人在懷抱著迷茫或煩惱的情況下，使用了這把自己用不順手的帕西瓦爾。當時她依照平常用慣的瑟尼歐里斯的感覺來催發、運行、增幅與集中魔力。

瑟尼歐里斯是一把專門用來「賦予死亡」的劍。這個異稟可以讓世上任何生物都變成屍體，連人類認為不會「死亡」的高階龍族都不例外。揮動這把劍就是直接連結到「殺害某個對象」這件事，沒有其他解釋的餘地。

對於沒有親自使用過聖劍的艾德蘭朵而言，這是只能憑感覺來理解的世界；不過身為一個通曉聖劍的人，憑感覺就能理解這部分的情況。

要求未經特化的道具發揮出和特化道具一樣的功能，其結果就是產生龐大的扭曲，造成劍身直接融解的嚴重損壞。

（這人還是老樣子，有夠笨拙。）

艾德蘭朵手扠腰，嘆氣說了句：「唉呀，真的被妳打敗了。」

話說，這裡是埃斯特利德商會旗下的一間護符店。

這間店主要賣的東西並不會很貴，是平民也負擔得起的價格。店鋪格局基本上就是走小型珠寶店的風格，原本的客層也差不多，還主打「求婚時順便送戀人護符吧，現在還有附贈特別的緞帶」這種行銷方式。

在這樣的一家店裡，少年威廉與另一名準勇者顯得有些……不對，是顯得相當突兀。

「所以說，我需要替代的聖劍，能不能幫我找一把適合的？」

「唔……」

「啊，費用的話，教會那邊會出。」

「呃，我並不是在擔心這個……當然這也很重要就是了。」

也許是因為時段不上不下，店裡沒有其他客人。儘管店員頻頻朝他們看過來，但總不能出言干涉老闆和客人的對話，很快就回到自己的工作崗位上。

「威廉能使用的劍啊……其實，我們這裡也有以帕西瓦爾為概念的劍，看你能不能接受了。」

「有什麼差別嗎？」

「因為這個國家的需求問題，基底雖說當然是帕西瓦爾，但有顯現出『忍耐箭傷』這個異稟之類的。」

「嗯？」

威廉皺眉。

「那不就變難用了嗎？」

「哈哈哈。」

這是在說自家的商品。艾德蘭朵無法同意威廉點出的問題，只模稜兩可地笑了笑。

不過，她能理解他為什麼會這麼說。畢竟本來可以隨心所欲發揮的範圍變成只能使用這個異稟了。

而想當然耳，會說出這種話的也只有他而已。

「——這時候不會單純地覺得『變強了』，果真不愧是你啊。」

一道男聲從旁插來，代替艾德蘭朵說出內心的想法。

納維爾特里·提戈扎可。

她不曉得他的年齡，大概三十歲左右吧。他有一張應該讓女人心碎過的帥氣臉龐，上面掛著壞笑，還留著邋遢的鬍子。

脖子以下是肌肉發達但精瘦的身體，並穿著本人自稱出身地的高曼德沙流聯邦的民族服裝。

「感覺你不像是在稱讚我耶。」

「這是稱讚喔，沒有任何暗示。」

男人聳了聳肩，然後看向艾德蘭朵。

「然後不好意思，能不能順道讓我看看這裡有哪些聖劍？如妳所見，我也還沒有專屬的聖劍呢。」

他輕敲一下應該是帝國工房製作的汀德藍劍柄。

那是最近才開始生產的帕西瓦爾改良型。比帕西瓦爾大上兩圈因此較重，整體性能也高上一階。只是相較於高階聖劍，還是不能否認其位階很低。

「專屬聖劍？」

「畢竟準勇者很偉大，又有知名度嘛，成為英雄傳裡的帥氣主角也是工作之一啊。這樣一來，與他們一起戰鬥的搭檔最好也要是能夠背負傳說的獨一無二的聖劍。像是黎拉小姐的瑟尼歐里斯，巴達爾頓勳爵的荒涼之境，奧格朗的布爾加托里歐。最起碼不能是隨處可見的量產型啦，實在有些不夠威風。」

「喔喔。」

她偷瞄一眼威廉——後者表情明顯不悅地把他們的對話當耳邊風——然後繼續聽納維爾特里說下去。

「所以，讚光教會要求準勇者要持有自己專屬的聖劍，也為此提供他們**試用**教會收藏的著名聖劍。如果被劍選上就可以直接拿走，只不過——」

納維爾特里朝威廉微微一笑。

「我們還不行呢。」

「我們的情況不同吧？我是被那裡的每一把劍給拒絕了；這個大叔才剛成為準勇者沒多久，根本還沒進去過那個試煉的房間。」

威廉賭氣地撇開臉這麼說道。

「我大概明白了……總之，你想在我們這間店的庫存裡尋找和瑟尼歐里斯、荒涼之境或布爾加托里歐差不多顯赫的聖劍嗎？」

「關於這部分嘛，上頭的要求和現場的需求不太一樣。我們想要的不過是能夠在戰場上託付性命的搭檔罷了。」

她又瞄了一眼威廉。

「威廉對搭檔只要求能夠隨機應變。至於我嘛，我喜歡無論何時都能激勵我前進、直到最後都不屈服的聖劍。剛才提到的『忍耐箭傷』就滿不錯的。」

「哦～」

艾德蘭朵不知不覺間身子往前傾，興味濃厚地聽著。

無論作為聖劍技師還是生意人，這都是非常有意思的話題。畢竟這可是使用自家商品的顧客——而且還是頂級大客戶——親口提出的需求。她絕不可能錯失這個機會。

「我一輩子都用帕西瓦爾就好。」

少年板著臉這麼說道，完全就是固執己見。坦白說艾德蘭朵覺得很可愛，但要是被本人發現就麻煩了，所以她沒有表現出來。

（這麼說來，倉庫裡好像有一把沒有異稟的聖劍。）

艾德蘭朵突然想起這件事，不過那把劍過於特殊，或者應該說級別太高了。最起碼一點都不適合給少年威廉使用，於是她決定忘掉這個想法。

店外傳來鐘聲。

已經傍晚了嗎？艾德蘭朵心想。

時間理所當然會不斷流逝。無論人們是否做完該做的事情，時間都會平等、冷酷、精準且毫不動搖地流逝下去。而艾德蘭朵今天預計要做的事情幾乎都還沒有完成。

好，差不多該結束這裡的話題，去看看瑟尼歐里斯的情況了。她這麼想著，伸了一個懶腰。

「威廉？」

她發現少年威廉一臉恍惚的模樣。

「……嗯？咦？」

「你怎麼啦？突然心不在焉的樣子。想家了喔？」

「呃，沒有啦……該怎麼說才好……」

少年用力撓抓著黑髮。

「我突然想到有事要做，先離開一下。」

「去哪裡？要吃晚餐嗎？」

威廉沒有回答她的問題。

「聖劍的話，就讓我使用妳剛才提到的在地版帕西瓦爾吧。反正我八成用不了其他高階聖劍。之後我再自己做細部調整，妳另外給我一份調整線圖。」

說完這些，威廉就真的離開了。

「……走掉了。」

「走得好像特別急呢。該不會是去約會吧？」

「人家又不是你。」

她隱約想起少年離去之際的背影。他的眼眸看起來閃了一下紫光，是夕陽剛好在那時候照射進來的緣故嗎？

「什麼在地版帕西瓦爾，說得像是土產一樣。」

「拿來當作這趟旅行的紀念品也不錯啊。要是刻個本地標誌之類的，那就更有紀念價值了呢。」

「很可惜，本店沒有提供那種服務。」

對於英俊男人隨口開的玩笑，艾德蘭朵也回以玩笑話。她心不在焉地想著，這彷彿是置身社交界的一幕。雖然她並非不擅此道，但也沒有很喜歡。

那麼，再次為話題收尾，前往工房吧。想到這裡，她看向納維爾特里。

「……納維爾特里先生？」

她發現他的神情莫名凝重。

「怎麼了嗎？」

「沒事……就是心中有點不安。」

納維爾特里輕輕搖了搖頭。

「不談這個了，威廉不在也方便我問個問題。我可以請教妳一件事嗎？雖說難得與女士獨處，要問煞風景的問題實在很不好意思。」

獨處嗎？

艾德蘭朵往旁邊一瞥，看見店員還在這裡工作。當然，店員不會過來插嘴，但也不能因此當對方不存在。平常習慣在對話中穿插「獨處」這種用詞的話，可能在這部分的感覺也不一樣吧。

暫且不管這個——

「……那要看你問什麼了。」

「『石笛』失蹤了。」

「咦？」

艾德蘭朵驚得倒抽一口氣。

「『石笛』，也就是約書亞先生暗中鍛造的潔爾梅菲奧複製品。約書亞先生在生前隸屬於某個祕密組織，『石笛』在那一夜來臨之前就流落到那個組織的人員手上，直到昨晚都由拉克雷家族保管——這些消息我都有追到。」

納維爾特里平緩且小聲地述說起來。

「等……等一下、等一下。」

石笛——艾德蘭朵姑且知道這個名字。在約書亞·埃斯特利德死後，重新徹查了他瞞著會長做過哪些事，結果就查到了這個名字。

聽說他複製古聖劍未果，造出一把半吊子的高階聖劍，找不到用途便封藏起來。由於不是正規製造出來的聖劍，所以沒有劍名，暫時稱為「石笛」。

但到頭來還是查不到那把劍的保管地點，現況又很忙碌，那把劍也不是很大的威脅，於是便決定延到日後再處理了。

埃斯特利德會長的位置本應比任何人都容易搜集到情報，卻連她都只掌握到這點程度的內容。

「畢竟我以前當過冒險者啊，有很多探聽內幕的門路。」

「是這種程度的問題嗎……？」

不管艾德蘭朵的喃喃自語，納維爾特里繼續說：

「原本在拉克雷家族手上的『石笛』不知被誰搶走，而且似乎用了相當蠻橫的手段。龐大的人數一齊闖入，殺得屍橫遍地，最後還放火。問題在於，『石笛』的價值正常來說並沒有高到可以不惜做到這種地步……」

「等一下。」

艾德蘭朵瞥眼確認了一下。也許是察覺到這個話題自己不能聽，店員已經消失了。不愧是埃斯特利德的直營店，店員教育很完善，讓艾德蘭朵有些敬佩。之後請拜茲梅先生給那名店員加薪吧。

「一大群人闖入拉克雷家族的地盤，大肆屠戮之後放火全燒了？」

「對。」

「這種手法我倒是聽過。」

艾德蘭朵想起前幾天賽斯家族長女提到的「餘燼鼠」事件。那個來歷不明的奇人集團早已犯下好幾樁納維爾特里剛才講的那種事蹟。

「那些傢伙為什麼要搶『石笛』？」

「……妳也不曉得原因嗎？若是如此，目前可就失去下一步的方向了。但我不太想落於人後就是了……」

「停停停停！」

啪！艾德蘭朵拍一下手，強硬地打斷他的話。

「反正你打從一開始的目的就是這個吧？那就爽快點全部說出來。我家副會長背著我竄藏什麼企圖、為何種目的造劍、那把劍本來具備怎樣的價值、為什麼會變成由拉克雷保管，再來是——」

納維爾特里・提戈扎可這個男人的能力應該很不錯。不會被奇怪的虛榮心和自尊心蒙住雙眼而分不清事情的優先順序。若是有必須做的事情，他就能單憑「必須做」這個理由把事情完成。

從這方面來說，黎拉和威廉也具備這種特質，或許這在讚光教會的聖人之中十分正常……或者說只有能夠正常做到這一點的人才可以成為勇者。

但納維爾特里等威廉・克梅修離開後才提起這件事，艾德蘭朵沒有粗心到察覺不了其中的含義。

她盯著眼前的男人。

「**為什麼這件事你只告訴我一人？**」

艾德蘭朵直截了當地提問。

「……第一個原因，是我想確認妳有沒有精明到能夠立刻提出這個問題。」

納維爾特里既不驚訝也不慌張，然後繼續說：

「這和勇者的使命無關，真要說起來還比較像你們巴傑菲德爾掌權者們之間的爭執，我們就立場而言也不該隨便介入。但威廉他們知道的話，大概沒辦法輕易撒手不管。」

「喔……」

艾德蘭朵很能認同。

無論是威廉還是黎拉都不是盲目的正義之士。以市民的基準來說，也沒辦法斷定是善人。他們只是分得清楚不該插手的事情就不要攪和進去，而且應該也對此感到很痛苦。縱使不是正義之士，縱使不是善人，還是有倫理和良知。他們並沒有飽經世故到足以排除一切私情果斷行事。

「再來是另一個原因。這件事完全堪稱是家醜。依情報的洩漏方式、搶先下手的方式來看，這次的局面似乎有些麻煩。」

他停頓一下，然後緩緩說：

「我想，這起事件的犯人與讚光教會的相關人員有所勾搭。」

3. 貓、貓、貓，與一次異變

有貓。

黑色的、白色的、褐色的、無花紋的、條紋的、斑點的；有大有小，有瘦有胖。所有貓咪都在陽光灑落地板的金色光圈上蜷縮身子依偎著彼此。

「哦哦……」

多麼神聖的一幕景象。

她感覺自己窺見了世界的真理。

完美的世界就呈現在眼前。

自己可以隨便靠近嗎？出現一個人類的氣息是不是就會攪亂這片溫暖寧靜的氣氛？那可以說是罪大惡極了吧——這些念頭令黎拉的腳步慢了下來。

「不好意思。」

一個黑衣人快步從她身旁走過去。

貓咪們有了反應。牠們紛紛抖動耳朵抬起頭，看到黑衣人後，便站起來邁出步伐。

而黑衣人無視這些貓咪，逕自走向屋內角落，將拿在手上的五個盤子分別隔一小段距離放在地上。只見貓咪們靠近盤子，接二連三地把腦袋探了進去。

「哦哦……」

有的吃得又快又急，有的一口一口吃得很優雅，有的很在意隔壁的盤子而無法專心吃掉眼前的食物，有的則把肉讓給比自己還要小的貓咪。

這一幕絲毫不遜於剛才的午睡畫面，貓咪們在眼前用餐的模樣非常可愛。

愛瑪．克納雷斯的小屋裡現在沒有屋主的身影。

然而，除了屋主以外的一切，理所當然依舊留在原地。

黎拉環視屋內——心想這裡果然什麼都沒有。

由於愛瑪在施療院很無聊，黎拉便問她要不要幫忙從小屋拿些私人物品過來，結果她立刻回答「那裡什麼都沒有」。黎拉現在可以理解這句話的含義了。別說能幫忙拿過去的私人物品，這裡幾乎沒有可以稱為私人物品的東西。

（也是啦……在這種地方放私人物品本身就很困難。）

這間小屋以長短不齊的木板拼湊而成，就像是一個稍微大一點的木箱。雖然具有足夠遮風擋雨的堅固性，但別人有心闖入的話，牆壁很容易就能打破，更何況屋門根本沒上鎖。就算想私藏高價的財產，一旦走漏風聲就會馬上被偷走。

席莉爾之所以送愛瑪學習用的繪本，想來也是察覺到了這一點。可惡，那傢伙真是有夠敏銳的。

看到黎拉此刻的表情，黑衣人不知作何解讀——

「附近有個叫做古網區的地方。」

他開始為黎拉說明這裡的情況。

未免也太心細了，不愧是艾德蘭朵的親信。

「那裡主要是從其他地盤被趕出來、無處可去的傢伙們流落而至的地方，算是半個無法地帶。不過，我們商會有援助充分的物資，即使是小孩子，只要懂一點拳腳功夫就不用擔心當天沒飯吃。」

「……謝謝。」

黎拉並沒有在思考那方面的事情，也早就猜到有這樣的狀況，不過能聽到這番說明還是讓她有點高興。

「喵～」一隻吃得肚子鼓鼓的貓咪湊到黎拉腳邊。黎拉記得這個花紋。之前來這間小屋時，牠是特別喜歡靠過來撒嬌的其中一隻貓咪。雖然小屋的主人現在不在，牠看起來還是很親人。

明明在那之後才過沒幾天而已，牠似乎有點瘦了，難道是錯覺嗎？

「你每天都來餵這些貓嗎？」

「對，這是會長的命令。」

黑衣人坦然點頭。

「不過，聽說這些貓不在這裡的時候，會去附近的漁場抓老鼠。那邊的人會給牠們小魚當作薪水，所以沒在這間小屋吃飼料應該也活得下去。」

「真是堅強啊。」

「既然這些貓有其他可以謀生的地方，若是不繼續在這裡餵食牠們，那牠們說不定就會忘了這間小屋吧。」

——喔，這樣啊。原來這種情況也是有可能發生的。

黑衣人或許沒有其他意思，但他隨口說出的一句話，讓黎拉心中莫名有些疙瘩。

†

「可以打擾一下嗎？」

她在施療院走廊上攔住負責照顧愛瑪的護理師。

「勇者大人。」

「呃，嗯，雖然我是勇者，不過聽到這個國家的人這麼叫我還是怪怪的。」

「可是，我聽說您是救世的最後希望。」

「嗯，這是事實沒錯啦，但這裡大多數人都不知道這件事，只有一部分的人這麼稱呼不會覺得有點彆扭嗎？」

「喔……」

護理師似乎沒聽明白，但沒關係，黎拉的目的當然不是這個。

她問起愛瑪的近況。

「是的。她的身體狀況，呃，應該沒有什麼明顯的問題……」

護理師說得有些含糊。

「妳說『應該』的意思，是有其他不對勁嗎？」

黎拉這麼一問，護理師便一臉難以啟齒地說：

「她有時候會一直看著空無一物的地方，或是撞到什麼似的腳步踉蹌一下。」

（就這樣？）

這是值得特別注意的異狀嗎？

「難道不是因為她的體力還沒恢復嗎？」

「不知道。雖然不知道……」

護理師的眼神游移不定。

喔，原來如此。黎拉察覺到護理師在擔心什麼了。

「她以前得過一種病，叫做翠銀斑病沒錯吧？妳是不是覺得那個病復發了？」

護理師倒抽一口氣，看來她說中了。

黎拉聽過翠銀斑病是一種原因不明、詳情不明、突然大量蔓延又突然平息下來的怪疾。愛瑪的翠銀色眼睛就是這個疾病痊癒後的後遺症。在這個前提下，愛瑪的身體出現原因不明、詳情不明的不適，確實會令人感到不安。

而傷腦筋的是，黎拉無法幫忙消除這抹不安。應該沒事啦，不用擔心——她連當下講幾句安慰的話都辦不到。

與護理師談完後，黎拉完全失去了衝勁。

黎拉自身的社交性較為偏頗。她以公主的身分出生長大，幾年下來學到了上流階級是怎樣的一個圈子，也明白要在這裡生存下來必須著眼於哪些事物、請教哪些問題。亡國後流離失所的生活、與威廉一起拜師學藝的日子與成為正規勇者後遊歷各國的經驗，這些都讓她學會如何和形形色色的人們打交道。

然而，唯獨有一個例外。

是的，第一次無關頭銜所結識的「從零開始的朋友」，她不曉得該怎麼拿捏彼此的距離。正因為其他處境下能用小聰明解決，一面臨自己沒準備好一套對策的情況，她反而更感到畏縮。

（呃……）

黎拉站定在病房門前思忖了一下。首先是詢問身體的狀況，再來愛瑪一定覺得很無聊，她可以主動聊一些有趣的話題。

例如她去看過貓咪們的情況。

或者是在港口那邊看到了巨大的鯊魚。

還有愛瑪對繪本的感想，覺不覺得有趣之類的。

（好，就這麼做吧。）

黎拉一邊預先想好可以聊的話題，一邊將手放在愛瑪病房的門把上。

然後打開門。

她後知後覺地發現自己忘了在開門前先敲門。不過沒關係啦，就用道歉當作開場白好了——她暗自在內心決定就這樣將錯就錯。

打開門後，裡面的景象呈現在眼前。

房間布置當然和之前來的時候一模一樣。白色壁紙、大窗戶、略高的床鋪、躺在上面的黑髮少女。

以及，在少女眼前飄蕩的不明淡紫色輕霧。

「——————！」

黎拉立刻壓下一瞬間的驚愕，取而代之換上警戒。

她的身體半反射性地動起來，強行從門邊直接跳到床邊，伸出手抓住愛瑪眼前那理應空無一物的空間。

（毒……不對，是詛咒，但好像又不太一樣——！）

照理說只是抓住虛空的指尖傳來奇怪的感覺。灼燒一般的熱燙與刺入骨髓的寒冷並存，柔軟的野獸皮膚與堅硬的魚鱗觸感同在。這究竟是什麼？她完全一頭霧水。是生物嗎？抑或不是？說到底，「透過五感接收這些訊息」這件事本身好像就是一個錯誤。

她只能肯定一件事。

（這很危險——！）

來不及催發魔力。經過這一瞬間的判斷，黎拉決定仰賴另一招。她將以前見過一次的光炸掌稍加變化，臨時將這個技能改編為將一切破壞力收束於手掌內部然後實行。

啪！她似乎聽到自己的骨頭傳出一道輕響。

嘰嘰嘰！

（…………？）

她確切地感覺到手中的東西消失了。

（剛才那股異樣感到底是什麼……）

她感覺到世界微微晃動了一下。與此同時，視野裡一切事物看起來好像都在那一瞬間產生了些許改變。

「黎、黎拉小姐……」

耳邊傳來顫抖的嗓音。愛瑪很害怕。

「剛才……那是什麼？應該不是鳥之類的吧？」

「大概不是。那東西一直都在這裡嗎？」

愛瑪不知為何陷入沉默，似乎不曉得該如何回答。

「我有時候會感覺到有什麼東西在這裡，但一直以來都看得不是很清楚。」

「所以這次是第一次？」

愛瑪輕輕點頭。

原來如此。黎拉意會過來，暗暗在內心咂嘴。

有一種特異現象是平常只會散發出存在感，要經過確實觀測後才會擁有實體。或許是幽靈(Ghost)和妖精(Fairy)的同類吧。

那些東西本來就介於存在與不存在之間，因此觀測紀錄很少，更別說加害於人類而被當成敵人討伐的紀錄。也就是說，並沒有確立一套遇到它們時該如何應對的理論，最起碼黎拉不知道。

「呃，我想可能是蟲子吧？外觀滿像毒蟲的，我原本想抓起來，但似乎被逃掉了。」

「咦……」

「最好還是關上窗戶吧。風也差不多開始變冷了，對大病初癒的身體不好，而且好像還有一股臭魚的味道。可能是某戶人家的晚餐吧，雖說住得離施療院很近，但也太有挑戰精神了吧——」

黎拉喋喋不休地隨口閒扯，並站起來走向窗邊。

她順便瞥了一眼自己的手。

手上有無數古怪的傷痕。有的像是握住海膽所造成的刺傷，有的像是隨便將手伸進廢棄的刀片堆裡所造成的割傷。這些大大小小的傷痕都很淺，感覺放著不管也不會造成什麼大問題。

只不過，還是流出些許的血。

（…………這下子……）

她悄悄斂起神色握緊手，避免被愛瑪察覺到。

（雖然不曉得是怎麼回事……但這下子情況可不妙了啊。）

4. 海景餐廳

這間餐廳看得到大海。

當然，海景在巴傑菲德爾完全稱不上賣點。有些人反倒覺得靠近內陸、看不見大海的餐廳更能呈現出高級感。不過，這種事對黎拉等外國人來說無所謂，也不會影響到料理的味道。

「這裡的檸檬奶油魚排真是不錯呢。」

席莉爾邊咀嚼邊這麼說。

「雖然油脂和鹹味過重，但當作在地口味的話還能接受。埃斯特利德家主推薦的餐廳果然不會令人失望。」

她放下叉子喝了一口葡萄酒，然後將酒杯放回桌上。

「妳沒有胃口嗎？」

接著，她問了這種問題。

「有是有，只是我想先聽妳回報情況。」

「會冷掉喔。而且吃東西時談複雜的事情也對消化不好。」

「有擔心的事還吃東西對胃更不好吧？妳說愛瑪可以交給妳，我暫且相信妳所以就離開病房了。但妳再不說明一下事情經過的話，我就不知道能不能繼續相信妳了。」

席莉爾輕哼一聲。

「——愛瑪小姐的事已經處理好了。」

「說得具體一點。」

「我請醫生將愛瑪小姐的病房封鎖住了。短時間內誰都不能見愛瑪小姐。」

「哦……」

還真是有效率的應對措施。黎拉內心出現一瞬間的感佩後，立刻發覺這種做法並沒有意義。

「慢著。這麼做只會讓愛瑪一個人遇到危險而已吧？那個像輕霧又像海膽的東西，雖然我真的搞不懂那是什麼，但絕對很危險啦。應該換個病房或者安排護衛之類的，不然乾脆把整間施療院燒了吧。」

「請妳冷靜一點。」

席莉爾重重地嘆口氣，接著繼續說：

「勇者大人的推測是正確的喔？出現在愛瑪小姐身邊的，確實是觀測後才會形成實體的怪異現象。但並不是所有人都看得到，愛瑪小姐本身的眼睛也沒有什麼特別之處，所以只要其他觀測者不要靠近就不會釀成危害。」

「唔。」

「倒不如說，只要靠近的人不具備犯規又棘手的眼力，能夠看穿本來看不見的事物就不是嚴重的問題。具體來說就是勇者大人，以及另外兩位準勇者了吧。禁止這三人進去，就能暫且放心了。現在之所以不讓愛瑪小姐見到任何人，是慎重起見才這麼做的。」

「唔……」

黎拉只能一直發出呆傻的聲音。

她用手指按著太陽穴，想了一下後回道：

「我覺得那並不是單純的妖精那一類的存在。席莉爾，妳該不會已經弄清楚那個怪物的本體是什麼了吧？」

「要說弄清楚會有語病，不過推測倒是有。」

席莉爾稍微思索了一會兒後說：

「妳還記得那天晚上愛瑪小姐差點變異成什麼嗎？」

這女人竟然用問題回答問題。

「不就是正規勇者大前輩嗎？」

露希爾．薩克索伊德。

在遙遠的過去成為歷史上第二位正規勇者的人物。

她是古聖劍潔爾梅菲奧的正規兼史上唯一的使用者。而那把潔爾梅菲奧經歷漫長的歲月，直至今日依然在尋求這位主人。

「妳知道多少露希爾大人的具體戰史？」

「啊？」

席莉爾回問了一個怪問題。

當時沒有現在的造紙技術，文字也沒有統一，每個地區的記述方法都不一樣，大部分的口述內容會在長久的時光中佚失，所以沒有留下可供參考的紀錄。

她的傳說僅透過如同神話和童話的逸聞流傳下來。明明是真實存在的人物，卻因為這份不確定性而導致她和虛構角色幾乎沒兩樣。

「呃……沒多少，跟一般大眾知道得差不多吧。」

黎拉是讚光教會最高階的聖人——偉大之人。因此，關於昔日勇者們的事蹟，她可以透過教會的紀錄接觸到比一般大眾所知更詳細的資訊，甚至連嚴禁外傳的禁忌知識都包含在內。

儘管如此，她對相隔十代以上的正規勇者們幾乎一無所知。畢竟教會的紀錄本身就極為稀少。

「我想也是。」

席莉爾點了點頭。

「幾乎找不到露希爾·薩克索伊德的紀錄。即使是賢人塔搜集到的資料，直接記述相關傳說的資訊量也和一般大眾所知道的沒太大的差別。有些人還認為她是後世學者捏造出來的人物——」

說著，席莉爾將一本很大的書拉到桌上，然後翻到她要的頁面，用手指摩娑著上面幾個複雜的圖形。

席莉爾所使用的名為咒蹟的祕術，觸媒是刻劃在平面上的特殊圖形。剛才那一連串的動作就是一種儀式。淡淡的光芒竄過頁面，按照她的設置顯現出奇蹟。

黎拉也懂一點咒蹟的知識。所以她看得出來，席莉爾正要施展的咒蹟構造相當單純。

（是小規模的幻覺嗎……？）

至少沒辦法引發大爆炸或創造出功能複雜的幻獸。應該僅止於有限的範圍，也就是在這張桌子上創造混淆視覺的幻象。

轉瞬間，答案就呈現在她眼前。

只見約十本封幀古老的厚重書籍忽然無聲無息地憑空出現在桌上——料理的稍微上方附近。

「唔哦！」

「這些是收藏在賢人塔第三書庫不可外借的史書。並不是內容有問題，純粹是老舊不堪的緣故，要是粗魯對待會導致破損。」

黎拉伸出手指，觸碰看看那些史書。

沒有傳來任何手感，就這樣穿了過去。理所當然如此。黎拉剛才的判斷很正確，這終究只是混淆視覺的小型幻象罷了。

「我以前曾經拿到閱覽真品的許可，但現場閱讀還是很麻煩，所以我就把整個內容做成幻象素材了，想說這樣很方便隨身攜帶。」

「……居然辦得到這種事啊？」

「嘗試一下就成功了。」

「啊，是喔……」

黎拉按著太陽穴，開始自我反省。

原來如此，聽到別人說「嘗試一下就成功了」會這麼令人頭疼啊？對不起啊過去至今的人生中互有往來的許多人們除了威廉之外。從今以後她會稍微注意一點還請大家原諒除了威廉以外。

「再來，重點當然在於內容了。」

如同彈奏鍵盤樂器一般，席莉爾擺動手指，幻象也隨之移動起來。每本書自動自發地在桌子上方擺正位置，翻開書頁展示出她要的記述內容。

「哦哦……」

黎拉不禁感佩地叫道。

這是怎樣，超方便的，更重要的是感覺很好玩。換成繪本一定很討小朋友歡心。

「這些是後迪爾迦王朝中期的各地紀錄。包含戰爭、糾紛、怪物災害及其對策、收穫多寡、稅金徵收狀況，還有來往於官道的商人們的帳簿等。一般認為是露希爾那個時代所留下的痕跡。」

「嗯?」

黎拉不明白席莉爾想表達什麼。

她只附和一聲,催席莉爾繼續說下去。

「做紀錄的人、地點與彙整成書的人都各不相同。當然,內容也沒有多少共通點。」

「我想也是,然後呢?」

「少數共通點之一是上面都有提到一個可怕的怪物。那個怪物本身並不可怕,但牠的身邊潛藏著無數看不見的毒蟲。雖然平時無害,然而只要有人發覺那些毒蟲的存在,牠們就會現身發動襲擊。」

「……就是這個。」

一切終於串連起來了。席莉爾剛才談到的「怪物」,和黎拉之前在愛瑪病房裡撞見的現象很相似。

「在愛瑪身邊的東西就是那種毒蟲。然後打倒怪物的是露希爾前輩,但並沒有留在傳說中,所以接下來就要找出那個對策是吧?」

「不是。」

席莉爾一口否定了。

「為什麼？」

「我知道妳不想思考，但是請不要為了逃避而刻意扭曲思維導向其他結論。**妳想錯方向了**。」

——唉，是這樣沒錯。其實內心早就懂了。

正規勇者黎拉·亞斯普萊已經明白所謂的「失去」是怎麼一回事。男女老少自不必提，與善惡美醜也無關，人命本來就很脆弱。

因此，捨棄源自希望的主觀認定，按正常邏輯來想的話，很簡單就能得出那個結論。

她嘆了一口氣。

放棄心中的諸般掙扎，說出了那個結論。

「正規勇者露希爾·薩克索伊德本身就是怪物。」

她的語調平淡到自己都不寒而慄。

「……應該這麼想才對吧？她恐怕是人類生下來的非人之物、一種災厄，又或者說是卑獸。」

如同其他動物，人類之中也會誕生卑獸。

有時候會特別以鬼族稱之，以便與人類以外的卑獸做區分。然而，極度危險的本質依然不變。

鬼族的樣態各有不同。有些長得跟人類差不多，有些看起來就像是妖怪，有些與其他卑獸一樣擁有不可理喻的臂力，也有些體能不突出但具有奇特能力，還有些只是單純生為鬼族，完全沒具備上述強項。

「愛瑪的肉體被嘗試改造成露希爾．薩克索伊德，而且有一部分成功了。過去的她所具備的怪物體質，如今重現在愛瑪身上了吧——」

鬼族是人類的敵人。

而黎拉是正規勇者，必須討伐人類的敵人。

因此，結論只有一個。黎拉．亞斯普萊得趁愛瑪．克納雷斯現在還沒有威脅的時候，儘快剷除掉才行——

「為什麼？」

黎拉發出低喃。

「為什麼愛瑪會落入這種處境？」

「原因嗎？這部分有很多推測。六年前那場流行病，是叫翠銀斑病吧？她是當時在某種意義上克服了那種疾病的倖存者之一。她的體質可能跟露希爾很相近，又或許另有其他與潔爾梅菲奧契合的關鍵。至於那個因素是什麼，可能是居住的地點和家世等——」

「我不是說這個！我問的是為什麼偏偏是愛瑪！」

唉，這完全是在遷怒。

黎拉心知如此，卻還是停不下來。

「她明明那麼乖！沒做過什麼壞事啊！」

「只有在法庭和英雄故事中，人性善惡和犯罪前科才會影響到人的命運。妳自己應該最清楚這一點吧，迪歐涅的公主殿下？」

「——那是因為我並不乖啊！」

「唉唉……」席莉爾一如既往地重嘆一口氣，然後繼續說：

「勇者大人一遇到跟愛瑪小姐有關的事，就會變成單純的稚齡小孩呢。」

「唔。」黎拉嘸了口氣，隨即陷入沉默。

腦中想不到任何話語反駁席莉爾指出的問題點。她知道自己講這種話很反常。

「……不行喔？」

「比起擺出天才兒童的架子，這種模樣討人喜歡多了。不過，這樣會沒辦法討論下去，希望妳能先冷靜一點。」

「保持冷靜又能改變什麼？」

黎拉用鬧脾氣的口吻問道。

「妳是想追問今後的計畫吧？」

席莉爾推了推眼鏡後說：

「目前想到了三種能夠打破現狀的方法，然而單憑我的知識連可不可行都無法判斷。有很多事必須儘快徵詢勇者大人和艾德蘭朵小姐的意見才行。」

「嗯？」

黎拉覺得席莉爾這番話很奇怪。

「今後？」

「當然是今後。」

「還有能做的事情嗎？」

「什麼都不做的話，那就真的只有請勇者大人將那孩子當作皁獸剷除掉了。要一個小孩子殺掉自己的朋友，站在旁邊的大人簡直是顏面掃地。能做的事就儘量去做，如果找不到能做的事就自己創造出來。」

黎拉的眼眶開始發燙——但憑藉毅力忍住了。

她不想讓這傢伙看到自己哭泣的表情。

「席莉爾～」

「唉，好了、好了，別哭、別哭。要吃魚排嗎？」

「我才沒有哭呢！我要吃！」

席莉爾輕輕擺手，桌子上方的書籍幻象便消失，而下方的魚料理已經冷掉了。

黎拉將一整塊檸檬奶油魚排連同骨頭塞進嘴裡，用力咀嚼起來。

她覺得油脂和鹹味過重，冷掉後就更明顯了。不過很好吃，而且分量完全不夠。

「妳的吃相很不好喔。」

席莉爾一臉放棄地這麼說道，而黎拉只回一句：「補充活力優先。」然後就喚男侍者過來，一次點好要追加的料理。

5. 艾德蘭朵的工房

在此舉個例子。

試問，在一幅畫作面前，人們會想什麼？

若是對技法有興趣的人，就會將重點擺在這裡；技巧的選擇、活用與創意改編，對這部分進行評價後產生一些感想。有些人會被題材吸引，有些人會注意畫框和展示手法，有些人只對金錢上的價值感興趣，有些人會抽離地認為這一切與自己無關。形形色色的人有形形色色的反應。而這些即使是旁人來看，基本上也能理解——至少是可以說明的事物。

不過，有少數例子並非如此。

在一幅平平無奇的畫作面前靜靜地流淚。那不是描繪悲傷情景的畫，也並非因為自己有著類似的經歷。說到底，連當事人都不曉得為何自己看到這幅畫會流淚。

「……啊……」

艾德蘭朵停下手邊的工作擦掉眼淚。

「這……嗯，這樣啊，原來如此……」

她眼前有好幾十塊閃亮的金屬片固定在空中。光波穿梭於金屬片之間用來調整的簡易咒力線。

這是古聖劍瑟尼歐里斯。

清除特大詛咒的洗淨作業以及調整作業。由於她的身體也康復了，便決定繼續著手完成這份委託，只不過……

「不要啦，真是的……我對這種故事很沒轍耶……」

工房裡只有她一人。但就算有其他人在，大概也完全無法理解艾德蘭朵為何要如此抗議。若是約書亞的話，可能會帶著一如既往的表情說：「凡人跟不上天才的感性不是很正常嗎？」

艾德蘭朵也沒能釐清自己做出這番言行的原因。

她只是莫名有這樣的感覺。

調整聖劍時，必須深刻理解這把聖劍的一切，像是構成素材、護符的種類與配置，以及咒力線的種類與連接方式。

一把出色的聖劍，背後會存在著貫徹執行的目的或意志。例如專注於強化鋒利度、保護持有者平安無事或只有兔子列為必須誅殺的對象等。調整聖劍的人通常可以大致領會這部分的情況。

而問題在於這把瑟尼歐里斯。

聽聞瑟尼歐里斯具有將任何對象變成死者的異稟，艾德蘭朵一直覺得這把劍充滿了殺意。只有注定被逐出故鄉、與摯愛別離的人才可以使用——得知這種民間傳說後，她又認為這實在是一把惡趣味的劍。

但經過實際接觸、試圖理解這把劍而持續接觸之後，印象便截然不同了。

這把劍——確實會將敵人變成死者。這點沒有錯。

然而，這並不是造劍者的目的，充其量只是一種手段。

既然是能賜予所有敵人死亡的聖劍，當戰士必須不斷對抗敵人時，這把劍就會是好搭檔。任何戰場都能一同前進，任何困境都能一同克服。這把劍懷有的目的就在於此。

與獨身者相伴的劍。

單單為此，它甚至具有星神可能也殺得死的超常性能。為了達成微小目標而具備強得離譜的力量，這就是艾德蘭朵所感受到的瑟尼歐里斯。

所謂天才的才智，通常沒有人能夠與其共享這份感受。沒有人或書籍將瑟尼歐里斯的誕生經過傳到現代，以致於艾德蘭朵無從確認自己的洞察是否正確，抑或純粹是判斷錯誤的妄想。

因此，感到煩悶不快的只有艾德蘭朵一人。而這種情緒占滿心胸導致無法專心工作，也是艾德蘭朵一人的問題。

她決定休息一下。

在構成瑟尼歐里斯的迴路上到處施加一點麻醉，然後放回玻璃罩裡。

艾德蘭朵走到離作業場有一小段距離的桌子，將事先裝入水壺帶過來的茶倒進杯子裡飲用。

（——獨身者嗎——）

根據艾德蘭朵以前的研判，瑟尼歐里斯在構造上沒辦法擁有多位主人。儘管如此，黎拉當然不用說，歷代主人們都順利啟動且使用過瑟尼歐里斯。

被紅茶溫暖而迷濛的思緒中，浮現出一個可能的原因。

主人。

瑟尼歐里斯——劍沒有自我，這裡說的是造劍者的意志——真的非常珍視最一開始的

所以，如果看到有人跟那位主人過著同樣孤獨的人生、抱著同樣的傷痛、走著同樣的旅途，就會將兩者重疊起來，無法當作不相干的人。於是，它忍不住借出自己的力量。那是僅有赴往絕望戰場的人才用得到的絕對死亡之力。

「原來是這樣啊。」

艾德蘭不禁輕聲笑了笑。

真是堅強又可愛的傢伙。**就像是那個叫做威廉的少年**。

會對那把最強古聖劍懷抱這種想法的也只有她一人了吧。想到自己沒辦法與其他人分享這份心情，艾德蘭朵又陷入些許的落寞之中。

有人敲了敲門。一開始敲三次，隔了一下子又敲兩次。

「進來吧。」

她回應後，門扉靜靜開啟。

一名黑衣人行禮說了聲：「打擾了。」便走進工房。

「要回報事情？」

「是的。首先，今天順利餵完貓了。」

「……雖然這是正式命令，我也不好說什麼，不過這種事沒必要一一回報給我啦。那些貓都過得好嗎？」

「是的，食慾也沒有問題。這次同行的還有亞斯普萊大人，貓咪們面對突如其來的訪客也非常友善。」

「那真是太好了，不過那個正規勇者在搞什麼啊？」

原本還在想她把師兄的聖劍融化後人就不知跑哪兒去了，結果竟然出現在那裡。

「餵完貓後，她去施療院探望克納雷斯小姐。聽護理師說，她們兩位處得很融洽。」

艾德蘭朵險些噴出紅茶。

「喔……嗯。這樣啊，嗯。」

對艾德蘭朵．埃斯特利德而言，愛瑪．克納雷斯是不相關的人。縱使很抱歉將她捲入自家糾紛，但也沒有立場繼續探究人家的事。

出於這種檯面上的方針，該怎麼說好呢，她很難控制臉部表情。

「這方面還有其他報告事項，但還是先切入正題——這是那樁事件的報告。」

「嗯。」

艾德蘭朵接過檔案夾瀏覽一遍。

這是先前在納維爾特里的暗示之下，她對那樁案件重新展開調查之後的總結報告，也就是叔叔打造的那把暫名「石笛」的聖劍下落，以及「餘燼鼠」們的動靜。除此之外，還有針對納維爾特里懷疑讚光教會有內奸一事的考察。

「唔～嗯……」

她心裡清楚，這麼短的時間內查不出多少新情報。檔案上的記述內容大多只是既有情報的二次確認。

其中一行字吸引了她的目光。

「……『石笛』的完成度嗎？」

約書亞打造的古聖劍潔爾梅菲奧仿製品。

暫且不管當事人的自稱，約書亞．埃斯特利德無庸置疑是技藝頂尖的技師。就連艾德蘭朵自創的模擬聖劍衣裝技術，他不過是在設計時擔任過助手，便精準地模仿出來。

而他的技術在製造「石笛」時似乎也全力發揮了出來。雖然檔案中搜集到的約書亞行跡只是大量雜亂的筆記，但熟知相同技術的艾德蘭朵瀏覽過一遍後，便大致掌握到她的叔叔以多高的精密度完成了什麼樣的東西。

然後，從中可以得到一個出人意表的結論。

「……等等，這個……」

艾德蘭朵皺眉。

她看到了不可能出現的……不對，是不該出現的數據。

或許是自己誤會了。於是，她打算從頭再讀一遍——

「此外，最後還有一件來自施療院的報告。」

「嗯？」

她抬起頭。

「喔，剛才沒說完的那件事嗎？怎麼了？」

「克納雷斯小姐的病房在萊特納小姐的指示下封鎖起來了。」

「…………」

艾德蘭朵拿起桌上的杯子。

然後一口氣喝光紅茶。

她的視線在空中游移不定。

「…………這是怎樣？」

對艾德蘭朵．埃斯特利德而言，愛瑪．克納雷斯是不相關的人。縱使很抱歉將她捲入自家糾紛，但也沒有立場繼續探究人家的事。

這個檯面上的方針雖然還在，但一碼歸一碼。

「這是怎樣啊！」

艾德蘭朵大吼一聲，猛然站了起來。

6. 因為是朋友（2）

施療院——

她站在愛瑪的病房前。

這裡只有她一人。席莉爾去院長室說明情況，臨走前還多嘮叨一句：「已經過了一般探病的時間，還請妳保持安靜。」

（……只要別看愛瑪周圍的毒蟲就好了……沒錯吧？）

敲了幾下門之後——

「愛瑪，妳在嗎？是我來了。」

她喊完，感覺到裡面有動靜。

「那個，對不起，出於某些因素只能站在門外跟妳說話，妳那邊沒什麼問題吧？我想妳這陣子會覺得很無聊，不過只能請妳忍耐一下了。啊，如果妳有想要的東西，我可以幫妳買來喔，有什麼想要的嗎？」

她這麼說道，並意識到自己講得有點快。

「黎拉小姐……？」

「是我喔。」

一陣怪異的沉默。

她覺得情況不對勁。

「愛瑪，怎麼了嗎？」

「也不是怎麼了……」

愛瑪支吾其詞。

儘管不知道發生了什麼事，但鐵定有事發生。黎拉有股破門而入的衝動，然而這麼做會搞砸一切。她不知所措地躊躇一段時間後，情況便有了變化。

「妳是所謂的正規勇者吧？」

————啊。

「愛瑪。」

「聽說妳是非常厲害的特殊戰士，遠比其他成年男人都還要強大，輕輕鬆鬆就能消滅一頭大鯊魚。」

黎拉緊貼著房門，聽到愛瑪喃喃自語似的緩緩如此說道。

她原本想問愛瑪怎麼會知道，不過隨即察覺到這個問題並沒有意義。雖然她沒有將這些事告訴愛瑪，卻也沒有禁止周遭的人說出去。如果是這裡的醫生和護理師跟她說的也不奇怪。

「愛瑪，這是因為——」

「果然是有理由的嗎？」

隔著門傳來的嗓音帶著一股不甘。

「妳和納維爾特里先生他們一樣。因為正在對付壞人而不能放著我不管，所以才來接近我的吧。還打著朋友的名義。」

「不是的……」

「那妳為什麼不說？」

愛瑪的聲音意外平靜。而這比任何激動之舉更能有力地道出愛瑪心中的動搖。

為什麼不說？

沒有理由。起初是如此。沒理由說，也沒理由不說。

不過，她很快就發現了不要說比較好的理由，一個完全不重要的小小理由。愛瑪是她以普通方式認識的普通朋友，她不希望兩人的關係出現其他特殊因素。只是這種無足輕重的理由。

正因為是無足輕重的理由，才不能當作藉口。

黎拉不曉得該怎麼回答愛瑪的問題。

「……對不起。」

門的另一端立刻傳來道歉聲。

「對不起。我本來沒打算說這些的。」

那嗓音很無力。

黎拉看不見也能明白。愛瑪現在一定正在笑著。

最起碼是拚命地試圖擠出笑容。

「對不起……」

不斷重複的道歉聲令黎拉難以再忍下去。

她逃跑似的從依然緊閉的門前離去。

†

同樣的施療院中，有個供訪客休息的角落。

黎拉拿了一杯冷水，坐在長椅上歇了口氣。

她想大哭大吼劈開大地洩憤。這種心情當然是有的，然而與此同時，她也慶幸著這樣或許也不錯。

雖然她不想用「彼此是不同世界的人」這種陳腔濫調，但簡單來說就是如此。彼此在不同的地方過生活，有了短暫的交集後又分開，然後再度漸行漸遠。這種事極其常見。縱使分別之際有些尷尬，不過也就僅此而已。

接下來……在不讓愛瑪發現的情況下悄悄解決掉她的問題吧。行使正規勇者大人的特殊能力，去幫助這位曾經以朋友稱呼的對象——

「找～～到妳啦啊啊啊！」

——她差點尖叫出聲。

某個似乎散發著殺氣的人一步一步地從走廊上逼近而來。

對方的表情因憤怒而扭曲，金色長髮如蛇一般扭動，眼眸中寄宿著豔紅的火焰，舌尖上有一小簇火焰搖曳著——雖然不可能真的長這樣，然而黎拉確實有一瞬間出現了這樣的錯覺。

艾德蘭朵．埃斯特利德站在那裡，看起來非常不開心。

她擺出不可一世的架子，用充滿壓迫感的低沉嗓音說：

「我可都聽說了啊，為什麼要封鎖那孩子的病房她的病症不是沒復發嗎妳如果不給我解釋清楚我實在無法接受要是我無法接受的話不知道會做出什麼事——妳那是什麼臉？」

她的最後一句話忽然恢復成往常的語氣。

「臉？」

「總覺得表情滿僵的，好像很累的樣子。」

「……喔，該怎麼說好呢，是有點累。」

「嗯？」

艾德蘭朵狐疑地探頭看向黎拉的臉龐，仔細觀察了幾秒。接著，她突然直起身，從附近的櫃子上取出訪客用杯子，從水瓶倒入水之後，一屁股在黎拉旁邊坐下。

「跟我說發生了什麼。從頭到尾，全都說出來。」

「為什麼要告訴妳？」

「理由的話，要多少有多少喔。比如說，這裡是我贊助的施療院，埃斯特利德有權利與義務掌握愛瑪．克納雷斯的狀況之類的。不過呢，並不是出於這些因素。」

艾德蘭朵喝了一口水後繼續說：

「現在只有我能在妳身邊聽妳說話。這樣還不夠嗎？」

她竟敢這樣說。

這到底是哪來的藉口？不過——

「…………唉。妳願意聽嗎？」

「嗯。」

看到艾德蘭朵一派輕鬆地點點頭，黎拉便述說起來。

「真是青春啊。」

對於剛才發生在門前的那一幕，艾德蘭朵這麼評論。

「不不不，事情沒這麼簡單啦。」

「簡單?別小看青春啊，對年輕人來說，眼前的人生幾乎就是一切喔。」

「不不不，我不是在說這個啦。」

「就是這個啊，不然還能是什麼……我反倒有點放心了耶，妳和那個孩子都能像這樣正常地吵個架。」

「這很正常嗎？」

「很正常啊。有些事不能告訴對方，有些事希望對方說出來，有時意見不合或發生衝突等，這些全都屬於非常健全的友誼喔。」

友誼。

是嗎?這就是一般所謂的友誼嗎?

「……呿。」

這種道理她難以接受，也很想反駁回去，但找不到適當的措辭。她對友情這種玩意兒一竅不通是無法否定的事實。

「解決辦法很簡單，妳們和好就可以了，再說一遍彼此是朋友就可以了。雖然可能會羞於啟齒，但正因如此才具有絕佳的效果。」

黎拉覺得艾德蘭朵說得太簡單了。

然而，確實可以按照她說的嘗試看看。黎拉心中隱隱約約這麼覺得。沒錯，就只是隱隱約約而已。

「現在去好像也已經晚了。明天找個時間好好說聲『對不起』吧。」

「嗯……」

黎拉點頭的瞬間，看到艾德蘭朵的表情溫柔得要命，令她有些火大。

這時有腳步聲接近。

席莉爾從走廊轉角處露面。

「探病時間已經過了喔。」

她用一貫的表情嘆了口氣然後說：

「一般人大概都睡了，要聊天請小聲一點。」

「啊……嗯，也對。」

艾德蘭朵這才壓低嗓音。

黎拉最近發現這女人雖然看起來恣意妄為又目中無人，卻意外地容易對道理和常識妥協。身為組織的首領，這樣究竟是好是壞？這是相當不好判斷的難題。不過，當然沒有判斷的必要。

「另外，既然艾德蘭朵小姐也正好在場，我能不能和妳談幾件事？」

「當然可以。我可是有很多事想問才跑過來的好嗎？」

艾德蘭朵低聲威嚇道，急切得幾乎坐不住。

這麼說來，平常那名護衛並沒有跟在她身邊，黎拉到現在才察覺到這一點。而且她也沒戴著聽說是自製的長手套型聖劍（雖然不明所以，但事實就是如此也沒辦法），大概在那一晚壞掉之後就一直沒修好。

她可能是認為在埃斯特利德的勢力範圍內遭到突襲的風險不高吧。

「關於那孩子身上發生的事，妳要把知道的一切都說出來喔。」

「好的，不過除此之外，我還想請教妳幾個問題。」

「什麼事？」

「我想請妳抑制住『石笛』的異稟，請問妳做得到嗎？」

「…………嗯？」

艾德蘭朵的臉色頓時變得煞白。

然後緩緩看向黎拉。

「抱歉，席莉爾的個性就是這樣。」

黎拉無奈地搖搖頭丟出這句話，而艾德蘭朵則說了聲「是嗎」便無力地垂下頭，靜默片刻後才回答：

「我沒見過實品，不能給妳保證，但應該做得到。」

「這樣啊，那真是好消息。」

「話說回來，妳是怎麼想到這個問題的啊！」

艾德蘭朵猛然抬頭。

「我勉強可以不追究妳怎麼會知道『石笛』的機密，不過妳已經查出那把劍是古聖劍的仿製品吧？那麼按常識來想，理應會先懷疑那把劍是否能正常發揮聖劍的功能才對，妳是根據哪一點判斷它有異稟的啊？」

「小聲點。」

席莉爾連忙摀住艾德蘭朵的嘴巴。黎拉側眼看著艾德蘭朵搞笑似的噫噫嗚嗚怪叫的模樣，便又說了一次剛才那句話。

「抱歉，席莉爾的個性就是這樣。」

「露希爾・薩克索伊德是怪物。可以推測愛瑪小姐的體質受到她的佩劍潔爾梅菲奧的影響，目前正逐漸轉變為同一種怪物。」

黎拉是第二次聽到這番說明，而艾德蘭朵是第一次。

她愣愣地張著嘴巴，僅用表情訴說「這傢伙在說什麼鬼」。嗯，黎拉很懂她的心情。

「這是相當棘手的情況，不過還是有幾個或許能破除困境的線索。第一個是露希爾・薩克索伊德使用潔爾梅菲奧的期間，是作為正規勇者……也就是作為人類而活。照這樣來想，至少當時有『讓露希爾變成人』的方法。」

「……紀錄可能遭人竄改了，不然就是跟別人的紀錄混在一起了，難道沒有這種可能性嗎？」

即使是超乎常理的事，艾德蘭朵依然積極地嘗試討論，這樣的態度值得高度讚賞。

「有的，但畢竟無從確認，深入探究也只是原地打轉，沒有任何益處。眼下先利用手上的依據找出能夠取得最大成果的手段吧。」

「身為經營者很難認同這種理論啊……」

艾德蘭朵嘀咕道，但這也表示她心中除了經營者以外的部分都接受了這個理論；無論是作為技術人員、開發者還是其他身分。

「第二個線索，就是古聖劍潔爾梅菲奧的異稟。強行啟動那把只有被選中的人才能使用的聖劍之後，發生了什麼後果？」

「翠銀斑病擴散了。」

「那是失敗導致的一部分結果。更根本的目的是什麼？」

「……試圖將人類變成那種翠銀色的怪物。」

「沒錯。潔爾梅菲奧在尋找自己的使用者『怪物露希爾』，甚至意圖創造一個出來。也就是說，那把劍所設想的主人是……」

「嗯？」

艾德蘭朵皺起眉來。

「呃……啊，原來是這樣啊！」

她的表情終於綻放出恍然大悟的光采。

「潔爾梅菲奧的使用者必須是『怪物』。然而，露希爾本人在使用潔爾梅菲奧的期間卻是『人類』勇者。歸根究柢，所謂將怪物變成人類的手段……不，那正是古聖劍潔爾梅菲奧的異稟！」

「這樣的推測就成立了。」

席莉爾一副「能理解這麼快真是太好了」地聳聳肩。

「只不過，要將潔爾梅菲奧本身用來做這件事的話，以各方面來說都極為困難，而且也很危險。就算一切都進行得很順利，不光是體質，連精神都會遭到露希爾本人覆寫，這種結果也令人高興不起來。」

艾德蘭朵同意地點點頭。

「所以就輪到潔爾梅菲奧的仿製品『石笛』出場了呢。」

「是的。如果能巧妙地抑制住機能，將『人類愛瑪．克納雷斯』覆寫在她身上的話，那就萬萬歲了。即使成果沒有這麼理想，至少可以爭取時間尋找下一個方法。」

席莉爾語氣平淡，卻說出偏向蠻幹的一番理論。

儘管如此，現在的情況本來就沒辦法奢求太多。以溺水者捉住的救命稻草而言，這已經算是很好的了。

「……不過，那個『石笛』的下落……」

「我們接下來就要展開搜索。既然交到了其他組織手上，比起動用埃斯特利德商會的情報網，更可能是流浪者利用了祕密門路吧。」

我們？

這麼想著，黎拉看向席莉爾；而席莉爾則回了個「勇者大人當然也要一起來啊放著妳不管不曉得妳會做出什麼事來」的眼神。是是是，她早就知道了。

「好，看起來有勝算值得賭一把，**我會全面信任妳們**。但最後我想問個問題。」

「什麼問題？」

「為什麼妳知道『石笛』的完成度高到足以讓異稟安定下來呢？就連我直到剛才接到調查報告之前，也完全沒想到這個。」

席莉爾疑惑地傾過頭，擺出稍作思忖的動作——

「啊。」

接著，她露出了「糟糕，沒想過這一點」的表情。

「……席莉爾？」

「說來確實如此，仿造古聖劍這等偉業，正常來想根本是胡鬧。我沒想到從根本就失敗的可能性，這是我的疏忽。」

「與其說疏忽，妳這樣就是跟『先相信發生了不得了的奇蹟吧』這種話差不多的胡言亂語。」

席莉爾清了一下喉嚨後回道：

「請當作是我很相信約書亞・埃斯特利德這名技術員。」

「……妳這樣講我就沒轍啦。」

艾德蘭朵無力地笑了笑。

「我明白了。調整相關工作我會全攬下，之後的事就拜託妳們了。另外，雖然稱不上線索，不過我這邊有一些或許可以推動調查的情報，妳們拿去吧。」

7．愛瑪・克納雷斯的病房

這孩子的睫毛好長啊。

這裡是愛瑪・克納雷斯的病房。房間主人正裹著白色被單躺在床上靜靜睡覺，連一聲鼾息都沒發出來。

她目前是謝絕探病的狀態。不過原因並不在於疾病，而是具有特殊視力的人靠近這裡會造成危險。至於沒有特殊視力的普通人還是可以稍微探望一下。

席莉爾說：「附近飄著一些看不見的肉食妖精，要是被發現就會化成實體攻擊過來。」但坦白說她沒有聽明白。

因此，艾德蘭朵現在離愛瑪非常近。

能好好看看她的臉不知是幾年前的事了。她本來是自己再也見不到第二次，也不該再見的對象。艾德蘭朵・埃斯特利德不能與這個少女產生交集，所以自從換成這個名字之後，自己就澈底與她保持距離直至今日。

本應是這樣才對。

「讓妳吃苦了。」

小孩子獨自生活不可能是件易事。雖然間接透過古網區儘量提供了支援，但絕對不夠充分。

對小孩子而言，身邊有人陪伴才是最重要的吧。然而，這孩子別說家人了，連朋友都交不太到，就這樣努力活到了這個年紀。

——我看起來很冷靜嗎？

——可能是因為我沒什麼留戀吧。

前陣子她和愛瑪在沒有面對面的情況下簡短交談過。光是這幾句話就清楚傳達出這孩子的自我評價。不被任何人需要，不被任何人依賴，所以活下去也沒有多大的意義。

她很想說「別開玩笑了」。

但自己沒有這個權利，只能心懷不甘。

「嘿。」

她用指尖輕戳沉睡少女的臉頰。好柔軟。

手指越壓就陷得越深，觸感像剛出爐的麵包。

唔。這有點好玩，而且感覺很舒服。

用手指壓住，臉頰凹進去。再加一根手指，臉頰歪曲了。

愛瑪睜開眼睛。

「…………」

「…………」

數秒的沉默。

「噢噢！」

艾德蘭朵連忙抽回手，順帶連同椅子後退三步左右，甚至轉過身背對著床。

「咦……」

背後傳來迷迷糊糊的聲音。

「大姊姊是……？」

「我、我是那個……只是路過的，對，算是這間醫院的高層吧。」

「啊……是醫生嗎？」

當然不是。雖然不是，但她誤會了也好，不需要特地訂正。

「好像有股熟悉的感覺……我們以前在哪裡見過嗎？」

「是妳的錯覺啦，哦呵呵。」

驚慌之下，她的語氣變得連自己都感到莫名其妙。這到底是誰啊！

「這……這樣啊……」

她的聲音顯得落寞消沉。

艾德蘭朵發覺她的樣子有點怪。

「怎麼了嗎？是不是不太舒服？」

艾德蘭朵就這樣背對著她問道。

現在愛瑪的身體並不在正常的狀態裡，若有異狀就必須確認才行。

「啊，不是的，我沒有不舒服。只是，突然想起自己因為一些個人的事情而正在自我厭惡當中。」

「喔，是這方面的事啊。」

艾德蘭朵放心了，但隨即又轉念覺得這也不是什麼好事。

「那個……妳不介意的話，要不要試著講出來呢？說給我這個醫院高層聽聽。」

「咦？那個，真的是很個人的事情啦。」

「比起非個人的事情，這個更能毫無顧忌地找人商量吧？」

「是、是……這樣嗎……咦？」

艾德蘭朵也覺得自己這番說法不太合理，但看到這孩子幾乎要順從接納的模樣，便不禁擔心起她的將來。

「我對黎拉小姐……說了很過分的話。那個，黎拉小姐經常來探望我，呃，她是我的朋……認識的人。」

應該算是不出所料吧。她從黎拉本人那裡得知的事情，現在又從另一個當事人口中聽到了。

「她是一個非常厲害、非常特別的人，所以……」

兩人說的內容並沒有出入。愛瑪得知她所不知道的黎拉另一面之後，似乎不小心對黎拉坦言道出了內心的困惑。而兩人都對此感到震驚，彼此找不到下一句話語，就這樣拖到了現在。

真是青春啊。

除此之外沒別的感想了。兩個人都很可愛喔。

「我已經被她討厭了。」

而且不知道為什麼，兩人都在煩惱同一件事。

「那位勇者大人沒有奢侈到可以隨便拋棄朋友喔。」

「咦？」

艾德蘭朵瞥了眼床邊桌。上面放著席莉爾拿來的繪本，封面她看過。記得是描述一名公主因為故國遭到巨大青銅龍焚燬而無家可歸，於是在全世界四處旅行的虛構故事。

「黎拉是某個遙遠國家的公主，這妳知道嗎？」

「不……不知道。」

「她的國家在她還小的時候就滅亡了，全家只有她一人倖存。大家都很同情她，也有許多人因為她有劍術才能而叫她去戰鬥，還有一些人單純看不慣她這種生存之道──她的身邊淨是這種人。」

順道一提，我屬於最後那一類──艾德蘭朵將這句話放在心裡。

「住在巴傑菲德爾的人沒辦法有共鳴就是了。聽說在大陸那邊，正規勇者這個頭銜真的很沉重。所以……她好像沒有任何能夠真的拋開那個頭銜與她相處的朋友。」

背後的愛瑪氣息微微顫抖著。

「我……真的做了很過分的事……」

「就是說呀，應該對她造成了很大的傷害吧。」

她聽到愛瑪「啊嗚」地發出幾近悲鳴的聲音。

「哎，沒關係啦，這種事很常發生在朋友之間。明天跟她道個歉，兩人言歸於好就可以啦——」

情況有異。

近乎騷亂的多人腳步聲，從走廊越走越近。

「怎麼了？」

「快躲進被子裡。」

艾德蘭朵從椅子站起來，並且緊盯著門。

她輕觸藏在袖子裡的手環型護符。儘管這個護符真的只能起到最低限度的護身功能，但遠勝於什麼都沒有。

腳步聲停在門前。

門把轉動起來。然而，門上鎖了打不開。只見門把喀嚓喀嚓地用莫名緩慢的速度轉動好幾次，但當然還是打不開。

隨著一道破壞聲，門被踹破了。她聽見愛瑪壓抑的驚叫聲。

闖入者是一名駝背的巨漢。不對，是由他率領的一整個集團。所有人都精神恍惚似的面無表情，並且眼睛裡寄宿著怪異的紫光。

「……哎呀？」

另一名巨漢像是感到擁擠似的彎著腰，推開領頭的男人進入病房。

「真是難得的面孔啊。我聽說探病的時間已經過了。」

她認得對方的臉。

而且完全沒預期會見到這張臉。

為什麼他會在這裡？她心裡浮現疑問，但要是現在露出慌張的模樣，絕對會被對方趁虛而入。艾德蘭朵掛起不屑一顧的笑容說道：

「要這樣說的話，這間病房早就禁止探病了喔……埃克哈特．卡拉森。」

「嗯？是這樣嗎？」

穿著祭官服的巨漢摸著下巴裝傻地回道。

「就算撇開這個不談，你們一大群男人闖進女孩子的房間也不對吧？」

「喔，真是抱歉。他們是我很重要的**朋友**。」

埃克哈特往前踏出一步。

在懾人的氣勢之下，艾德蘭朵差點往後退一步，但隨即站穩腳步。她的背後就是愛瑪的床。

「……能請問一下你們的來意嗎？這孩子除了可愛得驚人之外，就只是個平凡無奇的普通人。我不認為她會跟卡拉森事務所的事業有關聯。」

「嗯？不該用膚淺的三言兩語來限縮一個人的可能性吧？」

穿著宛如聖職者的男人，說出了宛如聖職者的一句話。

「暫且不談這個。想將這個少女捧上舞臺的並不是我，而是我的熟識。禮服可都訂製完成了。」

「要在社交界亮相的話，必須由監護人居中安排才行。淑女的登場總不能辦得過於隨便吧？」

「嗯，有道理。我就跟對方這麼說吧。」

空洞的隨口應酬在這裡劃下句點。

埃克哈特又上前一步。

從他本身的體格、全身的肌肉量，以及練出高水準武術的人特有的挺拔身姿來看，縱使和勇者們無法相比，他本身無庸置疑就是極強的戰力。再加上，他後面還有一堆手下在待命。

相形之下，艾德蘭朵就是個弱女子，而且只帶著圖心安的護符。

（要是有「朱紗玫瑰」的話，這些傢伙算什麼。）

她不甘心地咬著牙，但沒有的東西就是沒有。她必須想辦法靠手上僅有的護符突破這個困境——

這一瞬間發生了許多事。

照順序來看，首先，走廊上的男女都被打飛了。然後，埃克哈特往旁邊跳了過去。再然後，明明是在室內卻刮起驚人的強風。伴隨「砰」的巨響，艾德蘭朵斜前方出現了某個東西，她的頭髮彷彿要斷裂似的狂亂紛飛，耳邊傳來自己「呀」的小小驚呼聲。

一眨眼過後。

有個少年擋在艾德蘭朵面前。

若要問他是何時出現的，那會是個蠢問題。他當然是與那陣風同時出現的。或者應該說，他是一邊掀起那陣風，一邊以名副其實快到看不見的速度衝了進來。儘管有點偏離正常思維，但除此之外想不到其他結論。

少年——威廉回頭看她。

「雖然不清楚情況怎樣啦，但我站在妳這邊沒問題吧？」

「咦？咦咦咦……什麼？」

「嗯，身為正義的夥伴就該如此吧？」

艾德蘭朵還在困惑之中，反倒是埃克哈特回答了他的問題。

「不是，我才不在乎什麼正義哩。」

威廉不知怎地露出了嫌棄的表情。

「在妙齡少女面臨危機的千鈞一髮之際趕來搭救，這不正是故事中描述的正義騎士（Chevalier）嗎？不過，你出現的時機未免也太剛好了。」

「我又不是算準時機才出現的。」

威廉嘀咕道，依然一臉不悅。

（沒有刻意算準時機卻來得這麼剛好，這也很不得了吧？）

艾德蘭朵忘了自己的處境，開始擔心少年的未來。這種情況要是發生太多次，可是會讓女孩子誤會的。當然，她並沒有說出口。

「那麼，可以請你說明一下嗎，埃克哈特先生？」

威廉向穿著祭官服的巨漢問道。

說起來，將準勇者威廉等人招募至巴傑菲德爾的窗口，就是卡拉森事務所。也就是說，這兩人已經打過照面了。

「深夜怎麼可以帶著大軍闖進病房呢？我是不清楚巴傑菲德爾的作風啦，最起碼以讚光教會教導的是非觀念來說是不對的。」

以巴傑菲德爾的常識來說當然也是不對的——艾德蘭朵如此心想，但沒有插嘴。

「說明嗎？可以是可以，不過說完你就會讓開嗎？」

「……那就要視情況而定了。」

在這種情勢下，他還能回得這麼理性。

「這樣啊。若是如此，多少得耗費一點時間了呢。」

「我也可以幹掉所有人之後再聽你說啊，反正花不了多少工夫。」

這麼說也沒錯。儘管威廉本人自嘆比不上正規勇者，但從剛才的動作與沉穩來看，實在不覺得他的能力會輸給其他人。

「放出這樣的狠話，卻還是打算聽我說啊？」

「不然呢？」

威廉一臉無聊地回道。

「你也說過自己是個功利的俗人，為達目的可以毫不猶豫地裝成善人。同樣地，既然你如此大費周章裝成壞人逞凶鬥狠，表示背後有其目的。看來我現在該摧毀的是那個部分，而不是你本身。」

說著，威廉緩緩握緊拳頭。

「在你全盤托出之前，就算是廢話我也會聽。」

「…………到了這個節骨眼，我才發現自己似乎太小看你了啊。」

埃克哈特的語氣聽起來很佩服，不，他是真的很欽佩威廉吧。

「要投降嗎？」

「不，我有個提議，現在能不能暫且幫我一把呢？當然，等事情告一段落後，我會跟你講明一切。」

「我告訴你，胡亂鬼扯拖時間也是沒用的喔。」

「不，我是真的想說服你。畢竟我是——」

巨漢笑了笑，說出後半句話：

「**你的朋友啊**。」

艾德蘭朵感覺埃克哈特的眼瞳深處泛著黑夜般的紫光。

「嘎！」

威廉的身體彷彿抽搐似的震顫著。

他就這樣頹然跪倒在地。

「威廉！」

艾德蘭朵不清楚這是怎麼回事，她只知道情況急轉直下。

「本來是設置來當最後殺手鐧的，沒想到才剛開始行動就得用掉了。」

埃克哈特的語氣一派輕鬆，可想而知這個情況絕對在他的預料之內。

「不過，事已至此也沒辦法了。雖然稍微被打亂了順序，但你現在就成為我們的同伴吧，準勇者威廉．克梅修。」

「這……是什麼啊……」

「這叫做魅惑咒視，一種能捕捉對方精神加以操控的小戲法。雖然很罕見，但總該聽過吧？」

「什麼鬼，我才沒聽過……」

「唉呀。我聽說讚光教會的討伐對象相關紀錄中，有幾個前例的呀。」

「很不巧，我在這方面學藝不精……嗄！」

少年抓緊腦袋，力氣大得像是要用兩隻手掰開似的，就這樣痛苦掙扎著。

「威廉！」

「快點……逃！」

威廉厲聲制止打算衝過來的艾德蘭朵。

「我撐不了幾分鐘！在我變成追兵前，快逃到我追不上的地方！」

「可是……」

她回頭一看。只見床上——從被單裡探出頭的愛瑪一臉呆愣，還搞不清楚情況。

房裡只有一扇門，而且被埃克哈特及其手下擋住了。如果艾德蘭朵只有自己一人，應該能夠逃出生天，問題在於她沒辦法帶著其他人一起逃出去。

「那孩子妳不用擔心！」

威廉吼道。

她看見他的腳邊正在滴血。那是自殘導致的，藉此強硬地維持住。他自己撓破了前幾天在船上留下的傷口。

「**以翠色大釘起誓，我絕對不會讓那孩子受到傷害**，快走吧！」

——唉，真是的。

艾德蘭朵早就明白，她繼續留在這裡也派不上任何用場。如果想盡辦法逃出去的話，她還有一件事可以做。

因為早已明白這一點，她只能毅然拋開諸般顧慮，選擇轉頭離去。

她撲向依然在發呆的愛瑪，緊緊抱住了她。

「我很快就回來接妳。」

她輕聲細語地留下這句話。

緊接著，她立刻放開愛瑪，前往門的反方向——窗戶，然後用身體撞擊一下，跳到了外頭。

巴傑菲德爾的形狀宛如盛在盤子上的布丁。

盤子是外緣那些綁在一起的木筏，而布丁則是將昔日的遇難船殘骸組裝起來建立而成的大型構造物。

這間病房在埃斯特利德商會的地盤中屬於較高級的區域，位於布丁的中腹地帶。也就是說，窗戶外面離地面相當高。

艾德蘭朵開始下墜。

原本看起來很遙遠的地面（其實是木筏），正以令人心生恐懼的速度逼近。

「『飄散吧』。」

艾德蘭朵說出規定的暗號啟動手環的護符。她的體重幾乎消失。她落在繫船索上站穩，利用鋼索的彎度減緩下墜的勢頭，然後就這樣往下方衝過去。

艾德蘭朵是頭腦派，不擅長做這種體力活。不過，真要做的話她也會全力以赴。這種逃跑方式一般人應該追不上。只要在非同一般的威廉能夠行動之前，藏身於夜色裡就好。

她感覺到側腹傳來一股灼熱。

（啊。）

她失去了平衡。

腳從繫船索上踩空。

被小刀之類的利器射中了——當她察覺到的時候已經太遲了。腳下什麼都沒有，接下來只有不斷墜落。

†

一片黑暗中，響起小小的濺水聲。

「嗯？」

正在俯瞰街景的埃克哈特瞇著眼睛。艾德蘭朵穿著紅白色衣服，又有一頭金髮，照理說在黑夜中很顯眼，卻已經看不見她的背影了。

「雖然有擊中的手感……但不覺得這樣就能置她於死地啊。」

低聲說完，他將舉在手中的第二支投擲釘收進懷裡。

「就算受傷也不能就這樣作罷。十來個人去搜索一下，確保斬草除根。」

他一邊左右搖動下巴一邊發號施令，原本在走廊上靜靜待命的人們都緩緩動了起來。

「——等一下！」

傳來一道微弱但清晰的少女嗓音。

「請等一下。」

愛瑪·克納雷斯從床上跳下來。

「你的目標應該是我，而不是那個人吧？那麼，你把我帶走吧。這樣就可以了吧？」

「嗯？」

埃克哈特揚起眉毛，走廊上的人們都停止動作。

「如此一來，那兩個為了保護妳而流血的人可就徒勞一場嘍？」

「這個……是這樣沒錯。」

愛瑪的視線落在地上。

「但只要我不在的話，一切就到此為止了。反正我幫不上任何人的忙，最起碼不想給人添麻煩。」

埃克哈特的柔和表情轉瞬間狠戾地扭曲起來。

「講這種話有夠無聊。唉，簡直無聊至極。」

「是啊。雖然不清楚，但我大概回應不了你的期待。我一直都是這樣。無論是誰的期望，我都回應不了。」

愛瑪自嘲地笑了笑。

「連賣內臟都沒人要吧。」

「……我沒打算賣妳的內臟。」

埃克哈特無意間輕輕晃動一下。根據不同見解，看起來可能像是打算接近愛瑪的預備動作。

兩人之間闖入了一名少年。

「嗯？」

威廉依然垂著頭一言不發，彷彿要保護愛瑪似的站在那裡。

「你做什麼？支配不是完成了嗎？」

埃克哈特問道，但威廉沒有回答。

「快讓開，威廉。」

埃克哈特語氣強硬地這麼一命令，威廉便順從地讓開了。不過，他擺出重心稍微放低的姿勢，透露出自己依然保持著臨戰狀態。

「……原來如此。以神的名義起誓，藉此束縛住自己了嗎？這已經與自身意志無關，現在的你就是沒辦法傷害這個孩子，是這樣沒錯吧？」

埃克哈特試探性地這麼問道，然而威廉仍舊沒有回答。

他無奈地嘆了口氣。

「好吧，那就讓你帶著那名少女好了。」

放棄似的丟下這句話，埃克哈特便轉身離開。

X．古老怪物的心願（2）

這是很久很久以前的故事。

化為人形的怪物跑出森林去見騎士的後續。

牠來到村莊後，得知了許多那位騎士的事蹟。

那個男人名聲響亮，即使**牠**不擅與人交談，還是可以接二連三地聽到他的消息。

他殲滅無數魔獸和異種族，立下大量戰功。一再建功揚名到最後，他終於有了教會作為後盾，得到屬於自己的國家——騎士領，成為青年君王。他與自小一起長大的公主結婚、生下孩子，直到現在依然與朋友們共赴戰場殺敵——

將他比喻為傳說中的「勇者（The Brave）」轉世也不為過。**牠**所追尋的，就是這樣的人物。

†

『哦？妳住在那座森林的附近啊！』

那名騎士猶如少年似的臉上綻出光采，身體向前傾。

『真令人懷念耶。雖然我現在是這樣，但以前可是非常弱的啊，曾經差點死在那座森林裡呢。』

化為少女樣貌的**牠**急切地連連點頭。

找到他了。接近他了。成功跟他攀談了。接下來該怎麼辦才好——正當**牠**在思考這個問題時，無意間談起一些故鄉的事，沒想到騎士就主動拉近彼此的距離了。

『當時只有我一人，而且走得太深了，沒有同伴追得過來，所以我已經完全放棄了。大概就是「之後的事就拜託大家了，就算少了我也要過著幸福的生活啊」這樣的心情，然後啊、然後啊，驚人的事情就發生了。』

騎士周遭的同伴們紛紛笑了起來。

『又來了，又要開始了啦。』『騎士王的「水泉少女」的故事來了。』『這傢伙一開始講就沒完沒了。』『你老婆也差不多該生氣了吧。』每個人都不客氣地這麼說道。

『……有人救了我。明明森林裡除了我之外沒有別人，卻不知何時被搬到了清澈的水泉旁邊躺著。身上的傷口也都粗略地處理過了。』

騎士將手放在胸前的鎧甲上，陷入回憶之中。

『我沒能向那位恩人道謝。我一醒來，對方就立刻跑掉了。唯一留在腦海中的只有模糊的身影。不過，有一件事我非常確定……』

騎士談起的回憶正是彼此相遇的情景，**牠**終於理解過來了。

牠吃了一驚，心跳猛地加快。

『……那絕對是一個大美女。』

騎士鏗鏘有力地斷言。

他的同伴們哄然吵鬧起來。

『先聽我說完啦。那處水泉大概住著水精吧。妳知道嗎？那是喜怒無常的大自然精靈，會襲擊人也會幫助人。據說他們外貌很像人類，所以就算是絕世美女也不奇怪喔。

喏，我說得有道理吧？』

呃，唔，這個，該怎麼說才好……

牠什麼都答不上來，覺得心慌意亂。剛才那番話是怎麼回事？明明是在說森林裡那場初遇，卻似乎發生了致命性的矛盾，或者說存在著決定性的偏誤。

『我希望有機會還能再見到那個水精。雖然不曉得她下次是否依舊待人友善，但我還是想當面對她道聲謝。不是對她有非分之想啦，我是說真的……所以，妳知不知道那座森林有哪些風俗信仰或傳說啊！』

他猛地將身體探向前，令**牠**為難不已。

牠只知道一個關於那座森林的傳說。那就是以毒蟲為形的惡夢，以及無數毒蟲圍繞身邊的怪物；亦即**牠**自己。

這種事怎麼可能說得出口。

『啊，抱歉，我只顧著講自己的事情。那個……雖然現在才問有點遲了。』

當**牠**仍在支支吾吾之際，騎士露出純真無邪的笑容。

『妳叫什麼名字？』

名字。這種事**牠**從來沒想過。

以前曾在森林裡發現一個小女孩的遺骸，當時小女孩的幾件攜帶物上所寫的名字還留在記憶中。**牠**猶豫片刻，將浮現在腦海的名字說出口。

『啊……這名字真好聽，很適合妳呢。』

啊啊，胸口這份悸動，究竟該怎麼形容呢？

牠從這一刻起，成為了有名字的人。

與此同時，**牠**開始努力貫徹這個身分。自己並不是無名的怪物，而是一個擁有名字的人類……**牠**完全沉浸在自己創造出來的幻想中。

幸運的是，他當時正處於對抗土龍的長期戰爭中，所以會在這裡停留一段時日。

幸福的是，他記住了**牠**的（偽造）樣貌，自那時起就經常主動過來攀談說笑。允許**牠**靠近他、陪伴在他身邊，哪怕只有一時半刻也好。

而不幸的是，這段時光總有一天會走到盡頭。

——你本身會產生抗性，導致效果減弱而出現破綻。這個魔法終歸有一天會失效。

——這件事你千萬不能忘記。

護身符逐漸失效。

白皙的肌膚黏糊地融化開來，彷彿潰爛一般。

伴隨撕裂般的頭疼，額頭上隆起一顆巨大肉瘤。

此外，即使自己看不到，也能清楚感受到那些隱形的毒蟲——那侵蝕世界的劇毒又一如往昔地開始在自己身邊飄蕩。

牠嘆息著。

牠吶喊著。

牠經歷一番掙扎、苦惱、思索，最後得出一個結論。若是護身符失效，只要補充護身符就好。如果又沒效了，那就再補上去就好。

將**醜**陋皮膚遮起來的護身符。

將**醜**陋犄角塞回去的護身符。

讓誰都看不到毒蟲的護身符。

製作方法早已記住，要重做幾次都行。

這是為了保持這副人類少女的樣貌，好讓騎士主動過來攀談說笑。

也是為了讓他用那個原本屬於別人的名字來稱呼自己。

更是為了長久地、永遠地活在這樣的幸福時光之中。

†

這是很久很久之前的故事。

怪物已達成心願，卻又盼望著更多。

心底清楚，也能夠接受這段時光遲早會結束。

然而，絕不會是現在。那一天一定相隔久遠之後才會來臨——**牠**如此作想。

「少女對自身存在的迷惘」
-my precious friend-

1. 曾經的賭場

夜色已深，但對於巴傑菲德爾的**內陸**，即布丁型構造物的內側沒有什麼影響。這裡無論晝夜都照不到陽光。

雜亂的一區有等間隔設置的瓦斯燈作為照明光源。在不安定的光線下，影子也同樣不安定。每踏出一步，影子都會改變方向、增加數量，跳起與本人無關的舞。

或許是設計這一帶的某個人刻意為之，這些小徑本身就宛如迷宮，行走時感覺自己置身於皮影戲，更加容易產生錯亂。不想讓不熟路的外人輕易到達內部的強烈意志，塑造出這座都市裡的這塊地帶。

「……對了，這個國家要是發生火災會很嚴重吧？」

她詢問席莉爾。

「想必很嚴重吧。畢竟國土的主原料是木材，儲備水源又不是很充裕。但應該還是有應對措施才對。」

「那麼，如果在這裡縱火的話，就是犯下了滔天大罪吧？」

「是大罪喔。一經定罪就會被處以比殺人還要高兩級的重刑。」

「意思就是——」

她從遮蔽物後面探出腦袋，看著發生在不遠處的慘狀。

「——那種情況，在這個國家是極為反常的景象。」

眼前是一棟燒塌的宅邸，連周圍幾個建築物都遭到了波及。

儘管此處距離鬧區稍遠，卻也沒有偏僻到治安惡劣的地步。通往這裡的道路很複雜，沒人帶路而偶然誤闖的情況應該不多見。此外，只要派幾個人在路上看守，馬上就會知道有可疑人物靠近。

簡直就像暗堡一樣，黎拉這麼暗想。

聽說這裡不久前有個地下賭場。

仔細想想，這兩處有不少共通點。比如說，涉及一定人數、以一定頻率迎進客人，必須擬定一些對策來處理不速之客等。只要前提條件相似，設施自然也會相似起來。

雖然這不是原因所在，不過那個燃燒殆盡的賭場充滿堡壘陷落之後的獨特寂寥感。為了活下去而用盡人類的知識與力量，當那些全都化為虛無派不上用場之後，油然而生一股幾近空虛的感覺——

「那就是艾德蘭朵之前提到，保管著那把聖劍的地方吧？」

黎拉皺起眉頭。不知是否這一帶不太通風，空氣很差。

「怎麼會放在賭場裡呢？應該不是被沒收起來抵押輸掉的錢才對。理由果然還是那個吧，這裡有最堅固的金庫之類的。」

「破壞金庫順道毀掉整間店，未免太蠻橫了。」

她們小聲交談著。

許多鄰近組織的掌權者都死於這間賭場的火災。因此想當然耳，統治這一帶的組織派了人手嚴加防守燒燬的廢墟周遭。別說靠近現場，即使是大聲討論傳聞也有點危險。

「接下來要怎麼做？」

「這麼做吧。」

席莉爾翻開書，手指在頁面上滑動。

咒蹟是利用特殊圖形來改變現實的祕術。據說每個術師保存圖形的方法都不同，而席莉爾就是像現在這樣，將預先準備好的大量紙片裝訂成一本書。

「……我前幾天看到的那個？」

「是的。」

微光在頁面上躍動，然後飛出書本飄浮於空中。

那是輪廓朦朧發光的一隻鴿子。

「怎麼感覺比之前還要小？」

「因為在前陣子的騷亂中受到了大量**反噬**，我的身體還沒完全恢復。不過，反正也不是極度困難的失物搜尋，我想這個程度就很夠用了。」

「那這個被破壞掉會怎樣？」

「會難受到真的吐出血來。」

「這樣啊。」

黎拉點點頭，向那隻鴿子伸出手。

才剛說完而已，勇者大人這是想做什麼啊……席莉爾皺眉，彷彿這麼說著。實際上再過幾秒，她大概就說出口了。然而，「唰」的輕微聲響比她稍快一些。

黎拉的手在距離鴿子的不遠處抓住不是鴿子的某種東西。

「……咦？」

席莉爾一臉呆愣。

「前幾天好像也發生過類似的情況呢。」

黎拉確認手中的東西。那是釘子形狀的小刀，重量平衡相當不錯，但刀柄的形狀不好握，最起碼絕對不是用來做菜的。

也就是說，這把刀起初就是專門打造成投擲武器來使用。

「哦哦哦，很有本事嘛。」

這時傳來一道莫名高亢的老人嗓音。

不久，一個小小人影從遮蔽物後面憑空滲出似的現身。那是手持金屬長杖、身穿破舊紅衣、身材矮小的老人。

「這是老爺爺你的惡作劇嗎？」

黎拉一邊把玩著小刀，一邊向他問道。老人在兜帽下低聲一笑，點頭回了句：「是我沒錯。」

「原本是打算用來打招呼的，沒想到居然這麼輕易就被接住了哪。我都快對自己失去信心啦。」

還真敢講，黎拉在內心咂嘴一聲。「原本是打算用來打招呼」這句話應該不假。但一碼歸一碼，他就是抱著殺意對席莉爾的鴿子丟出小刀的。要是黎拉沒有及時接住，席莉爾現在早就口吐鮮血倒地翻滾，沒辦法再使用咒蹟了吧。

「打招呼說句話就好了。話說，老爺爺你是什麼人？」

「我的名字不值一提啦。」

老人態度輕浮地回道，然後晃著肩膀笑了笑。

「這個國家的人們都隨心所欲地叫我老頭或是老丈。妳想怎麼稱呼都可以喔，黎拉小姑娘。」

「……我可沒有懸掛著紋章旗走來走去啊。」

這是舊時貴族的禮節之一。

據說離開領地造訪異國之際，一一對不認識的對象報名字是很不體面的做法，展示家紋也有失風雅。因此，以前的貴族會先派出家臣去當地宣傳哪個顯赫人物將懸掛著什麼樣的旗幟前來造訪，然後再懸掛著那面旗幟前往該國。

這種行為容易成為暗殺的靶子，也出現許多打著假旗的騙子，所以到頭來既不體面又欠缺風雅，因而遭到廢除，但這不是重點。

「哈，還真是頗為老派的聯想。」

「我只是配合你的品味而已。」

黎拉將手中的小刀丟在腳邊。

「我想這把刀是專門用來暗殺要員的暗器吧。而且年代遠在帝國開始作亂之前，是可以追溯到一百年前的古董。」

「妳還如此博學多聞哪。唉呀呀，真不愧是黎拉・亞斯普萊。看來從傳聞聽到的評價並沒有經過誇飾渲染。」

黎拉滿想追問到底是哪些傳聞，但八成不是什麼正經內容。她只低聲詢問一句：「你有什麼事？」

「嗯？啊，要事，確實有要事。妳應該也察覺到了吧，這是警告與阻撓。我是來提醒妳們不要插手這件事。」

的確，在他起手就針對她們的「眼睛」——席莉爾的鴿子發出攻擊之際，黎拉就差不多猜到了。

「這件事指的是哪件事啊？我們可是單純無害的觀光客耶？」

「掩飾也沒用。我不曉得妳們是從哪裡探聽到的，但會選在這個時候來這裡，應該是在找『石笛』吧？」

……那你又是怎麼知道的？

不過，事情有些蹊蹺。

她們確實在找傳聞中的聖劍。然而，她們純粹是出於私人的目的，沒打算和其他勢力競爭或敵對。當然今後很有可能會出現那種發展，但終歸是以後的事。

她們眼下還沒打算與任何人為敵，也不知為何會遭到阻撓。

「……雖然不清楚這是什麼情況，但至少得到線索了。」

難得有席莉爾在旁邊，就交給她思考吧。

自己只要做自己的工作就行了。

「哦？」

「只要打倒你，一切就水落石出了吧？我並不討厭這種簡單明瞭的做法喔。」

作出這番宣言的同時——黎拉身體一扭。

剛才扔掉小刀時，她另一隻手從口袋裡取出一枚硬幣。她以彈指的方式將硬幣彈出去，並且用左腳蹬地而起，一拉近距離就揮出右拳。

從先前投出的小刀與掩藏氣息靠得如此近來看，老人顯然是身手不凡的高手。

因此，黎拉縱使下手較輕，卻也不敢大意。實力若不到威廉的程度，受到這一擊鐵定會暈過去。再補充一點，對威廉施展這一招的話，他會做出半吊子的反應導致打擊點偏移，沒辦法讓他暈過去，但會痛得說不出話來。這已經是實驗完畢的事。

未料她的兩種攻擊都打空，沒能擊中老人。

「——什麼！」

「噢，好險啊，真是突然。」

老人如同亡靈一般晃動身體，隔開數步距離後哈哈一笑。

「身為勇者怎麼可以不分青紅皂白就偷襲呢？」

黎拉心想：我管你那麼多。

勇者又不是騎士，沒義務注重榮譽，在沒有觀眾的地方也沒必要追求華而不實的包裝。再來還有一點，她之所以不擇手段的理由，就在剛才又增加了。

這個老人很強。

正規勇者黎拉．亞斯普萊身為人類最強戰士，這件事說來雖然很丟臉，不過他並不是可以慢慢挑手段來制伏的對手。

「席莉爾！」

黎拉頭也不回地喊了聲名字。

「快退……不對，妳待在原地別動，盡可能用全力展開屏障！」

「勇者大人，妳這是——」

「有問題之後再說！」

黎拉不能控制下手輕重，這也意味著她下手時無法顧及周遭。她光是全力移動就能破壞周圍建築物，碎片會高速飛散到附近。

（——但關鍵是我目前的狀態能做到什麼程度就是了。）

她緩緩催發魔力。

使用魔力就是一種慢性自殺。藉由主動邁向死亡，讓自己在活著的情況下發揮出脫離物理束縛的死者強度，就是如此充滿貪慾的技術。

控制上稍有失誤便會輕易當場橫死；縱使沒死，戰鬥後身體也會垮掉，所以冒險者和準勇者都對這種技術評價不高。然而，遇到當前這種必須不擇手段的戰鬥，這無庸置疑是一個優秀的選擇。

（只能先盡力而為了！）

黎拉用右腳踩響一次地面。聽取回音後，大致掌握住周遭地形。接下來要展開的速度戰鬥，沒辦法用眼睛一一確認四周情況。左後方靠下的位置，水渠被某種龐大的東西堵住，水流不暢通；往右約莫七步之處，酒館招牌的釘子鬆脫了；前方稍微靠上的位置，有隻飛蛾受到光源吸引，不斷用身體撞擊玻璃提燈——

瞬擊。

這原本是用劍施展的氣斬技，她強行以手刀重現。斬下的位置、能斬擊的位置以及威力都不一致，甚至連施展斬擊的時機都特意錯開，總之就是同時瞄準老人全身二十六個位置。其中一半是從死角攻擊，而所有攻擊的威力都是一擊必殺。

然而，她心想這些攻擊應該打不中。她依然沒搞懂老人是怎麼躲掉剛才兩次攻擊的，猜測這次會得到相同結果也很合理。不過，只要能稍微引出對手的實力就行。順利的話，再誘使對方大意，為真正的攻擊鋪下伏線。

（——啊。）

傳回來的手感很少。

並不是沒有。二十六次之中有三次確實擦過了老人身上的破布。

這表示老人擁有實體，不是幻影之類的存在。在這個情況下，他純粹是憑藉超人般的身手，躲避正規勇者的猛攻。

（既然這樣！）

有一種體術只有正規勇者才能使用。準確來說，必須擁有足以成為正規勇者的才能，或者具有的背景讓人可以理解「雖然怎麼想都很離譜，但這傢伙或許做得到」。

她**同時**踏進老人周邊六個地方。鞋底傳來踏破地板的觸感，力勁逐漸從那裡流散而去。她感到心焦的同時，不想多耗工夫重整姿勢，就這樣直接朝老人的位置揮出拳頭。若他移動到其中一拳打不到的位置，另一拳就會打得更深。這樣的拳擊一共有六記瞄準了老人，換句話說，無論他使出何種體術都不可能躲掉。

（…………！）

老人攤開的手掌逼近黎拉眼前。

搞不懂。這是怎麼回事？正在進攻的不是她嗎？不是才剛施展出必殺的招式而已嗎？

但為什麼會變成這樣……

黎拉反射性地踢出一擊。

如同前幾天打中威廉的那一擊，單純出於畏怯的反擊。

這是她第一次正確無誤地擊中老人的身體。但是，幾乎沒有擊中感。只留下像是踢到羽毛的觸感，老人輕飄飄地飛了出去，毫不費力地在酒館的牆壁上著地。

一連串的騷亂衝擊造成酒館招牌脫落，掉在地上發出意外輕微的聲響。

「噢……這還真是危險哪。」

老人開玩笑地吐出這麼一句話。一看之下，那件紅衣有很多地方都裂開了，但老人本身依然毫髮無傷。

雖說身體尚未完全恢復，但黎拉·亞斯普萊發揮真本領的連擊攻勢，竟然被這個老人游刃有餘地躲開了。

「老爺爺……你究竟是什麼來頭？」

這不可能。

黎拉一直以為做得到這種絕技的，無論過去還是未來都只有她師父一人而已。

「呵，剛才不是說了嗎？我的名字不值一提——這可是真的。」

「你別想裝傻。好歹我也是靠拳頭在這世界闖蕩，要是某個無名人士輕輕鬆鬆就能躲掉，我的名聲可是會受到影響的。」

「身為不容於世之人，我也有我的風骨啊。對著素色紋章旗詢問名字，可是很愚蠢的一件事啊。」

「到底誰才老派了？」

曾有一段這樣的逸話，或者應該說是笑話。

（唉，真是的……世界好大啊……）

這個老人所展現出來的本事，並不是用劍術多強或曾經過鍛鍊就能解釋的領域。那是將不屬於人類的才能，以超乎人類常識的術理鍛鍊到最後，才有辦法獲得的戰鬥能力。

即使在冒險者和準勇者之中，這種人也不多見，而他們通常都會像黎拉一樣立刻成名。但是，黎拉對這個老人的名字完全沒有頭緒。不僅如此，由於他完美藏起戰鬥時的習慣動作，導致她連他習自哪個流派都無法判斷。

她始終掌握不了眼前這名高手的真實身分，不，就連一點蛛絲馬跡都摸不著。

「好了，先聽我說吧。」

老人慢悠悠地說道。

「小姑娘妳的反應我能理解，我也不想在這兒把事情鬧大。反正我大概傷不了妳一根寒毛。」

「現在才這麼說不嫌晚？你就是為此而來的吧？」

「嗯，這個嘛，確實如此。」他摸著鬍子。「聽說妳強得要命，我便產生興趣想一探究竟。實際上妳是真的很了不起，全身遍布詛咒還是比我強呢。」

這又是在說什麼？剛才幾乎將她當作小孩子來看待，他以為自己是誰？而且他是怎麼看穿她全身布滿詛咒的？

（難道這個人跟師父有關……？）

她想起另一個老人，對方具有令人費解的強度、令人費解的過去、令人費解的性格。單純以帶給人的印象而言，與眼前的人物似乎有些相似之處。

不，等一下。還有其他線索。

這老人說黎拉．亞斯普萊更強，如果這個比較是事實的話——也就是單純的比較與實際的結果不一致的話，能想到的原因就是情報量的差異了。黎拉完全不曉得老人的底細，老人卻對黎拉的本領非常了解。不，準確來說，他了解的不是黎拉本身，而是支撐那股強大力量的背景——

「勇者大人！」

席莉爾的嗓音從稍遠處傳了過來。

「先等一下，我好像快想到關鍵之處了。」

「不是的，這樣正中他下懷啊！」

……什麼？

「**他在拖時間**，我們前幾天不是才中過同一招嗎！」

「啊——」

這麼說來，的確有這回事。

意義薄弱的襲擊，以及分散的線索。越是深究，思緒就越是繁雜，無法歸納出結論。遇到這種時候，人都會忍不住停下腳步陷入沉思。除了當時的目標是艾德蘭朵之外，其他一切都相同。

老人「咻」的一聲，笨拙地吹了下口哨。

「哈，真聰明啊。果然該讓妳先倒下的。」

他賊賊一笑。

「再稍微補充一下，我本來沒有預計要在這裡現身。可以的話，我希望能一直待在幕後。但妳們的動作比我料想得還要快，我才會出面干涉。」

黎拉想追問他這番話的意思，但還是忍住了。若這也是他拖時間的心機之一，那她就不該中計。

「然後呢，既然都做到露面這一步了，那就讓我完成工作吧。別擔心，不會花太多時間，只要再給我幾分鐘就好——」

「席莉爾，妳快走！這傢伙交給我來對付！」

明明是被拖住腳步的一方，卻自己說出要拖住對方腳步的宣言。雖然這很奇怪，但眼下沒有其他選擇，兩個人一起逃跑也只會落得後背遭刺的下場。黎拉能設法自保暫且不談，若對方瞄準的是席莉爾，她沒把握能防守得住。

我不能將勇者大人獨自留在這裡——黎拉原本還在擔心席莉爾要是講這種麻煩話該怎麼辦，未料席莉爾本人立即答了句：「我知道了！」就毫不猶豫地轉身跑走。雖然這麼快就達成共識很令人感激，但她內心還是有些落寞。

老人沒有動作。

「……你不追？」

「唉呀，這很讓我為難。舞臺還需要一點時間才能準備好……不過，主角就在這裡，尚且可以接受。」

（舞臺……嗎……）

從這種說法來看，他接下來應該設有某種陷阱，而且企圖讓黎拉．亞斯普萊在裡面任其擺布。

目前雙方在互拖時間，唯一慶幸的是可以利用這個空檔繼續思索。為此，她想趁現在多見識幾招他的本領。

一直赤手空拳也不方便，黎拉便用蠻力拔下旁邊的欄杆，再用手刀削成一根還算長的鐵棒。尺寸和常見的標準型長劍一樣，她輕輕一揮確認平衡。嗯，以臨時做出來的成品來說很不錯了。

與此同時，既然沒辦法以臂力和速度壓制對方，她便收回派不上用場的魔力。雖然產生了輕微作嘔的後遺症，但可以憑藉意志力忍住。

稍微掃視一下周遭後——

（……哦。）

她決定好下一波進攻方式。

呼出一口氣踏步向前。她大幅扭動著上半身，在揮落鐵棒的途中換成反握的姿勢橫揮出去。儘管是頗為複雜的佯攻動作，但相較於剛才施展的回擊絕技，根本連兒戲都稱不上。不用說，老人輕鬆躲掉這一招，自然而然地縮短距離，踏進攻擊範圍之內。

黎拉笑了。

或許是從她的笑容察覺到什麼，老人的動作停頓一瞬。彷彿是專挑這一瞬間，他背後的空氣動盪起來，出現了砂礫摩擦的聲響與氣息，然後一道銀光閃過。

那是不可能迴避的橫斬。

「噢！」

老人理所當然似的連這一擊都能及時回防，宛如陀螺一般轉動起身體。黎拉瞄準他稍微失衡的身體，舉起鐵棒猛力一刺。接著，她看到破碎的紅布在空中飛舞。

「……這樣也沒用嗎？真是頑強的傢伙。」

「被嚇到的可是我啊。」

老人像顆球似的在地面彈跳幾下，然後隔開了距離。

裂開的兜帽下露出掩藏許久的真面目。率先映入眼簾的，是從頭頂經由左眼延伸到臉頰的巨大舊傷疤。黎拉對那道疤痕及疤痕下的臉龐都沒有印象。

「你認識嗎？」

她立刻詢問旁邊的人，但對方只平靜地答了句「沒有」。

「我能問一下這位是何方人士嗎？」

「我比你更想知道。他是在我們找東西的時候突然襲擊過來的。如你所見，他的本領高得有點超乎想像。順便問一句，你怎麼會在這裡？」

她旁邊站著剛才一瞬間繞到老人背後的闖入者納維爾特里。只見他聳了聳肩答道：

「我也是來找東西的啊。應該是同一樣東西吧。」

「嗯？要對付兩個高手可就難辦了。」

老人瞇起右眼，嘴角扭曲地嘀咕。

「那我暫且先撤退了。如果你們會追上來的話，那就晚點再見吧。」

「你以為講這種話，我們就會放你走嗎？」

「當然了，我就是這麼認為的。」

這句話都還沒說完——氣息就提前一步消失了。

稍遲過後，身形也消失了。再來，連聲音都聽不見了。

「……太扯了吧。」

那已經超乎屏除氣息和掩藏身形的等級，感覺就像整個人突然當場消失一樣。在只有正規勇者才能使用（黎拉還沒學過）的隱形術之中，有一種可以淡化自身存在的虛纏衣，而老人剛才施展的招式絲毫不遜色。

她戒備幾秒以防偷襲，但沒有那樣的跡象。

「唉呀唉呀，這世界實在很大呢，連那種怪人都存在。」

怪人。這麼形容好像滿貼切的，或者不如說沒有其他更好的字眼了。

整件事確實很弔詭。理應是最強的正規勇者被人如此愚弄，這其中鐵定有什麼問題。並不是她自信心強或狂妄自大，而是最強這一點遭到推翻的話，正規勇者的結構本身會產生動搖。

連同這部分的一切包含在內，都是預先埋下的某種陷阱吧。但現在沒有時間停下來慢慢思考。

「去跟席莉爾會合吧。」

黎拉扔掉鐵棒說：

「既然他說了『晚點再見』，應該有辦法進行追蹤才對。這樣一來，在他消失得不留痕跡的情況下，大概只能靠席莉爾的咒蹟了。順便交代一下你那邊的事情經過吧，納維爾特里。」

「真是沒辦法耶。」

納維爾特里將曲劍靜靜收入鞘中，再度輕嘆一口氣。

2. 餘燼鼠

水從高向低流。
太陽東昇西降。
縱使如此，人類依然尚未滅絕。
——這是帝都動物學者的經典笑話。雖然對於學者以外的人而言很難理解，但簡單說就是從學術性的角度來看，人類到目前還生存在這個世界上是很不自然的現象。
然而，他不認為這是笑話。在他看來，不管怎麼想，這個事實都很不可理喻。
為什麼人類這種生物會在這世上到處橫行呢？
既不強悍，也不聰明。沒有團結力量，卻頑強地苟活於各地。
從他懂事起，便怎麼也想不通這件事。

小時候的他，只是一個早熟的孩子。

至少周遭人們是如此看待他的。當時他弱小無力，沒有任何能夠對抗世間動亂的力量，所以無論他具有何種思想，大家都會認為那不過是因為弱小而產生的偏見；甚至連他自己都這麼覺得。

於是，他開始鍛鍊自己。他相信只要擁有身為人類最低限度的力量，整個世界看起來都會不一樣。

他的體質似乎生來就難以練出肌肉。無論給予多麼重的負荷，他的身體依舊練不起來。然而，他認為這一點正體現出自己的弱小。如果鍛鍊十次不夠，那就改一百次；如果鍛鍊一百次不夠，那就改一千次。他不斷反覆鍛鍊，換作一般人大概身體已經垮掉了。

他認為自己也不能一直無知下去。知識的數量不是重點，而是要明白這世上存在著自己不知道的知識、思維和觀點。為此，他搜集遠方的書籍來閱讀，與形形色色的人見面求教，與讚光教會建立關係以取得更多來自大陸的知識。

在這段過程中，他發覺一件事。

他擁有奇妙的能力，而那是普通人——不，普通也好，異常也罷，人類根本不可能有那樣的能力。

那就是交談對象的性格，不，是本性會改變。

不管原本是善是惡、是強是弱，當然男女老少都沒有區別。他打算深入了解而接近的對象，一律會產生某種衝動。而他自出生以來，心中便一直懷抱著同一種衝動。

亦即，對人們及人類這支種族的無限厭惡。

再如何鍛鍊自身、再如何累積知識，這股負面衝動也始終揮之不去。

「真稀奇，這種地方竟然有人類卑獸。」

他成年之後，遇到了知曉這個能力的人。

「我見過相似的魔法喔。就是月主那些愛作白日夢的傢伙在使用的魔法，本質是『精神混淆』。以交會的視線作為媒介，將自己的一部分意志傳到對方身上。若是操作得好，也可以藉由意志控制對方的行動。有經過訓練的話，應該連對方的視覺都能奪取。」

實在很有意思——那個人笑了笑。

「還是有一定的風險喔。到底是混合精神的力量，如果你恨自己恨到想殺掉的地步，就會壓力不足，對方的意志也會逆流過來。一個沒弄好，連記憶和情感都會混成一團，導致自我崩壞而喪命。」

那個人還說了一些莫名其妙的話。在這種條件下，別說使用力量了，單純就是自尋死路吧。

「將意識切割出去本來是一大風險，但因為是獣獸的緣故，加害人類的衝動會無窮無盡地湧現出來。看來你雖然過著自制的生活，卻也導致衝動更容易外溢。」

「……也就是說——」

他灰心地搖了搖頭。

「我以為改變自己就能讓事情好轉，所以才鍛鍊身體、勤學許多事物。然而，這一切都是徒勞無功。我既然天生就是這種生物，那我就只能作為這種生物活下去。」

「然後作為這種生物死去。」

那個人始終笑著。

「這樣很好啊，愛恨本就是同源。因為太過喜愛人類，所以不得不藉由傷害行為來表現出這份愛。這種事連人類自己都很常做，你做相同的事又何罪之有？」

「因愛之故」的意思嗎？

這個藉口還真是方便。因愛而傷害，因愛而蔑視。任何行為只要冠上愛的名義，看起來就好像很有道理。當然，能否得到諒解則是另一回事。

好吧——他接受了這種思維。

無論是繼續作為人類而活，抑或作為非人生物而活，兩者都不是什麼好的生存之道。不過，既然他本來就是這種生物，便也無可奈何。

直到此刻，他才對活出自我一事產生興趣。

作為非人存在，用自己的方式，持續愛著人類這醜陋的種族。這樣的生存之道令他懷抱起希望。

這是埃克哈特．卡拉森——又名「餘燼鼠」的故事。

†

萬里無雲的夜空清晰可辨。

過去，他曾半帶著玩玩的心態涉足觀星。然而，玩耍性質之下仰望觀測的星空，看起來和平常沒什麼兩樣，無法解讀是吉兆還是凶兆。

他本身對這個世界而言是凶物，做這種事心情有點複雜就是了。

巴傑菲德爾內陸的最上層，或者稱為樓頂的外緣區域。他在崩塌的建築物裡沉思了一會兒。

這裡以前是一座博物館。與世界各地相連結的這處場所，可以打造成廣納世界知識與資料，宛如知識結晶的寶庫。許多組織協助推動這項計畫，未料建造而成的博物館遭到部分巴傑菲德爾當地居民反彈，歷經類似暴動的過程後倒塌毀壞。不幸的是這個地方處於多個組織的掌控下，導致長年來一直是棄置不管的廢墟。

有個不被允許存在的異鄉碎片們的墓碑。

「——差不多該告訴我了吧？關於殺死正規勇者的計畫。」

他出聲說道。

星光灑落的淡淡光暈中，有個紅色影子正在翻騰。

聽說這個老人才剛與那個正規勇者交戰過，長袍到處都裂開了。他不曉得該驚嘆勇者實力高超到足以傷到老人，還是該傻眼老人的花招厲害到受點輕傷就能從超強的勇者面前撤退。

「嗯……也對，是時候了。」

老人用疲憊的嗓音答道。

「這代的正規勇者是第二十代。既然如此，在這之前理當有十九人。你知道第一個人是誰嗎？」

「阿貝爾‧繆凱勒嗎？迪歐涅騎士國的建國之祖？」

只要學過讚光教會的教義都一定聽過這個名字。相傳此人相當於正規勇者這些聖人的始祖。

老人點頭說「就是他」，接著又問：

「他的死因為何？」

「受到化身少女的魔物迷惑，最後被毒蟲刺死了……我記得是這樣。」

「果然很了解嘛。就是那個。」

老人伸出枯瘦的指尖指向他的背後。

廢墟的中央附近，一個稚齡少女被綁在傾斜的鐵柱上。

此外——她周圍有淡紫色的某種東西在飛舞。

「你別一直盯著看喔。你的眼睛也具有特殊性，本來比霧氣還稀薄的**蟲子們**會因此獲得實體。」

「那是——」

埃克哈特還來不及移動視線，一道身影就闖了進來。

只見準勇者威廉．克梅修彷彿要攔阻似的，一語不發地站在中間。

「嚇了我一跳啊，真是的。」

老人呻吟道。

「喂，你真的能控制這小鬼頭嗎？」

「當然能控制了，但他也同時對神起誓給予自己束縛。於他而言，我的命令和保護那個女孩不受傷害的制約是同等的。」

如果控制的力量強到無法違抗，那就預先限制住自己遭到支配之後的行動。雖然聽起來很荒謬，卻也是很實際的手段。

當然，這並不簡單。

以愛瑪的現狀而言，要完全不受任何傷害並不太可能。儘管沒有表現出來，但這個事實應該正死命折磨著他的精神。

「呵，用自己的性命保護公主嗎？勇者就是這樣才讓我受不了啊。」

「……她變化的目標是露希爾．薩克索伊德吧？」

他言歸正傳。

「剛才提到了阿貝爾的死因，這之間有什麼關聯嗎？」

「不錯，其實很簡單。化身少女的魔物就叫做露希爾·薩克索伊德。」

老人哈哈大笑。

「這個毒殺死了創建迪歐涅的初代正規勇者，若是用來殺掉身為迪歐涅末裔的第二十代正規勇者，豈不是再合適不過了嗎？」

3. 搖曳的爐火

雨聲嘩啦嘩啦，像是要沖洗掉什麼似的。

「唔……」

艾德蘭朵醒轉過來。

她從床上起身，並感覺到一陣抽痛。她看向側腹，發現那裡纏著白色繃帶，血都滲了出來。

「抱歉，因為要處理傷口，我就擅自脫掉妳的衣服了。」

她循著聲音看過去，映入眼簾的是抱膝坐在椅子上的黎拉。

聽到黎拉這麼說，她一檢查便發覺自己不知何時變成了裸體。直到這時才感受到寒意，她拉起被單蓋到胸前。

片刻間的沉默，只有火爐燒得劈啪作響的聲音。

艾德蘭朵想問這裡是哪裡，又立刻意識到這是個蠢問題。只要看看周遭就知道了。這裡是施療院的病房，雖然不是愛瑪住院的那間，但同樣隸屬於埃斯特利德的體系。

她的腦袋無法順利運轉。

「我發現妳暈倒在水裡，就把妳拉上岸了。而且妳還受了傷，我就把妳帶來這裡處理傷口、擦乾身體，然後讓妳躺到現在。有問題嗎？」

「呃……那個……」

艾德蘭朵甩甩頭。

「…………我的衣服被脫掉了？」

她的腦袋終於理解了這句話的意思。

艾德蘭朵一直以來內衣下都會縫著一塊護符。那塊護符的作用與「朱紗玫瑰」有著根本上的差異。效果很微弱，只能稍加偽造使用者的外貌。

她看了眼披散在肩膀上的頭髮，護符的效果已經解除了。

她感覺到自己臉上逐漸失去血色。

「嗯，看來果然很重要啊。妳放心，只有我看到而已。」

黎拉輕輕擺了擺手。

「我不會過問或追查妳這麼做的理由，也不會告訴其他人。啊，不過妳想藏起來的話最好動作快一點，納維爾特里馬上就回來了。重點是——」

黎拉深深吸了一口氣。

「全部說出來吧。妳那邊發生了什麼事？」

†

「情況比想像中還要嚴重啊。」

納維爾特里用手指撓著下巴。

「不如說根本莫名其妙。」

席莉爾用手指按著太陽穴。

「敵人是那個紅衣老爺爺，還有那個叫做埃克哈特的僧人和他愉快的夥伴吧？而他們找齊愛瑪和『石笛』打算做某件事。」

黎拉扳著手指整理情況。

「威廉應該也跟他們在一起。」

艾德蘭朵補充這一句，黎拉則回說：「算在愉快的夥伴裡就行了吧？」

「我不否認威廉是愉快的少年，只是他在那邊會導致我們在戰力上不太樂觀，這會是個痛處。雖然很難置信，不過那個老人是能跟黎拉並駕齊驅的高手。無論他偷藏著什麼玄機或陷阱，在尚未揭曉的情況下，他一個人就能牽制住我們的最高戰力。」

「他曾提到魅惑的咒視。席莉爾小姐，妳聽過嗎？」

眾人視線集中到房內一角的席莉爾身上。

席莉爾手上是一如既往的那本書，攤開的書頁正發出淡淡光芒。

仔細一看，她額頭上有些許皺摺。她身體還不太舒服，操縱咒蹟鴿子似乎需要一定程度的專注力。

「……我說啊，請不要因為我出身賢人塔就以為我無所不知好嗎？」

「妳不知道嗎？」

「我想那應該是第十四代正規勇者吉拿・諾登討伐的墮鬼所具備的邪眼吧。」

妳這不是知道嗎？眾人用這樣的眼神看她。

說起來是有這個東西，黎拉回想道。

「我只知道有這個東西存在，實情和細節都不清楚。」

邪眼又是另一種棘手的事物。

這世上存在許多祕術體系。畢竟稱為祕術，其中大多數的詳情都被各自的傳承者隱匿起來，像咒蹟一樣廣為人知的體系並不多。

而邪眼則是公認的罕見祕術。這是透過視線或視野內物件的認知，對目標進行干涉的特異現象。由於只會在突然變異之下自然發生，就性質而言沒辦法繼承或重現，也沒有能夠統整成一套體系的研究員，即使有體系也無法傳承下去。

不過，如果那是邪眼，至少可以肯定一件事。

「意思就是，對方是墮鬼。」

「是的。既然能夠使用邪眼，就代表是突然變異後誕生的非人生物。那個埃克哈特・卡拉森無庸置疑是鬼族（Ogre）。」

席莉爾打住話語。

所有人一時陷入近似混亂的思索之中。

「他完全沒打算隱瞞這個事實，這就說明了——」

「他在挑釁吧。意思是『這裡有非人生物喔，是正規勇者的話就來消滅我吧』，藉此引人踩進陷阱。他企圖誘騙的對象無論偷襲或毒殺都起不了作用，所以那毫無疑問是具有特殊性的陷阱。」

「既然如此，他們的目的是——」

「殺掉正規勇者黎拉．亞斯普萊……這麼推測應該沒問題吧。」

「氣焰這麼囂張啊。」

雖然正規勇者是人類的守護者，但也會引起人們的殺心，而且還滿常發生的。例如疑神疑鬼的暴君、不協助討伐暴君就認定是敵人的反抗軍、認為不能收買的對象無法信任的富豪，還有那些自詡為真正的正義使者，將行事動機與他們的信念不同者都打成邪惡的一方等。

這種情況不單只發生在黎拉身上，據說歷代正規勇者大致都是如此，詢問後也發現威廉這些準勇者同樣有類似的遭遇。

因此，得知對方的目標是自己時，黎拉並不驚訝。

「身為鬼族，難道有什麼必須剷除礙眼的正規勇者才能達成的心願嗎？」

「應該吧。對方如此精心整備戰力，想必是認真的。」

「對我發起挑戰的傢伙沒有一個是不認真的喲。」

黎拉煩躁地說。

「既然對方和吉拿前輩打倒的鬼族是同類，那解除祕術的方法也一樣吧？」

「應該吧。」

根據紀錄，殺死身為元凶的鬼族後，被操控的人們會一齊昏倒，然後順利地逐一恢復。包含沒自覺的對象在內，數量似乎多達數千人。

那個魅惑的咒視可能不只是操控對方的心靈，還會與墮鬼的精神之間建立、維持某種連結。所以墮鬼的精神消失之際會產生巨大的衝擊，而後也不再有任何作用。

「——啊。」

席莉爾抬起頭。

「找到愛瑪小姐了。威廉也在旁邊，可是……」

「嗯？在哪裡？」

黎拉站起來。

「……雖然看不到其他人，但這鐵定是陷阱。」

「陷阱的話直接踩爛就是了。已經被他們奪走主導權，不能再浪費時間了。」

「我同意。當然我也要一起去。」

不知何時納維爾特里也站起身，大衣的衣角輕輕晃動著。

「抱歉，兩位小姐都留在這裡吧。在摸不清對方戰力的情況下，最好先派出勇者鞏固陣線。只有我們兩個的話，遇到任何偷襲都有辦法應付。」

「但是我……」

席莉爾原本打算辯駁，但途中就打住了。無論心情如何，她腦中還是很清楚。縱使她的咒蹟毫無疑問是一大戰力，操縱咒蹟的她本人卻不是優秀的戰士。納維爾特里說得沒錯，如果遇到偷襲連保護自己都做不到，當然不能接近明知是陷阱的戰場。

至於艾德蘭朵——

「……空著手去也不方便吧？目前瑟尼歐里斯還不能用，妳去我家工房拿其他劍吧。對拜茲梅先生報上我的名字，然後說『拿出十四號』，他就會拿給妳了。」

她只淡淡地這麼說道。

她應該還有很多想說的話語。心知自己算不上戰力，但還是想做點什麼，不做點什麼就受不了。儘管如此，她依然全部忍住了。

「我想，妳現在一定需要那把劍。」

黎拉不懂艾德蘭朵這句話的意思。

「嗯，謝謝妳，我就借用了。」

但她還是直率地點頭道謝。

在正規勇者的戰場上，沒有多少人能夠追隨其後。

因此，她會收下他人的心意，與這份心意一同作戰。

這沒什麼好惋嘆的。過去至今都是如此，如同往常一樣——黎拉對自己這麼說道。

4. 各自的戰場

近距離觀察巴傑菲德爾的內陸外殼，會覺得很像用瓦礫堆疊起來的積木牆。不僅坑坑窪窪，哪裡都有建材凸出來，還有纏繞著鋼線的繩索掛在各處。

也就是說，這種牆面有各式各樣的立足點，要往上跑很容易。

『十四號嗎！』

黎拉想起在埃斯特利德工房看到拜茲梅那張驚愕的表情。

『但是那個……不，若是妳的話，確實沒問題。』

他說了句意味深長的話，然後從封印嚴密的倉庫深處拿出一把聖劍。原來如此，他會有那樣的態度也可以理解了。

這把劍是力量的聚合體。

構成劍身的護符有四十塊。外形比起劍，看起來更像鎚子，也具有恰如其分的重量感。以聖劍而言屬於特別高的規格——黎拉一拿起來就發現了。在魔力增幅性能上，搞不好足以匹敵瑟尼歐里斯。換句話說，有能力充分運用這把劍的使用者，應該和瑟尼歐里斯的使用者一樣少。

但與此同時，這把劍也不過是力量的聚合體罷了。聖劍該有的附加性能、敵意等級和抗性效果一概全無。更別說連異稟都沒有顯現出來，這是作為純位聖劍最異常的一點。

聖劍本來是用來對抗人類之敵的工具，擁有戰鬥的意志與擊潰敵人的目的，正因如此才會是「劍」的形狀。而這把聖劍雖然保有劍的形狀，卻是從根本上無視這個大前提所組建而成。

沒有發揮力量的特定條理，純粹強大的聖劍。只有不給予特殊手段也能開創自我道路的強者才能使用。

『這是前任家主在鍛造時，半是巧合之下所誕生的聖劍，只是性能有些古怪，連測試都沒辦法。算不上完成品，也沒有取名，就這樣一直放在倉庫裡。』

她也猜到了。這把劍的存在本身就是對聖劍應有姿態的褻瀆。即使沒有諸般麻煩的內情，對聖劍技師來說也不好處置。

不過，她認為這把劍正適合這場戰役。

帶著由聖劍而生卻不像聖劍的一柄劍，去討伐由人類而生卻不是人類的卑獸。這種事說來十分諷刺。

「兵分兩路吧，我繞到後面。」

納維爾特里流暢地奔跑在壁面上，並用耳語般的聲音這麼說道。

這裡狂風呼嘯，令人疑惑他的聲音怎會如此清晰——不過，大概只是有那一類的傳話方法吧。

「最主要的目的是奪回愛瑪小姐沒錯吧？」

「嗯。」

幾乎就在黎拉點頭的同時，納維爾特里那絕對稱不上矮小的身形整個微微一晃，然後消失了。

他是多才多藝的高手。純論戰力和現在的威廉應該差不多，但經歷過的場面及私家本領的數量不一樣。在強襲作戰上，他獨自行動想必更能發揮優點。

此外，儘管原因不同，黎拉也是單打獨鬥更施展得開的類型。

「好。」

她牢牢握住被雨水打溼的無名聖劍。

重複著步行與跳躍，朝巴傑菲德爾的最高處而去。

†

在白茫朦朧的視野中，黎拉看見了。

愛瑪．克納雷斯坐在古老的石造祭壇上。

被雨水淋溼的黑長髮與白長衣緊貼著肌膚。

她垂頭喪氣似的低伏著頭，雙臂朝不同的方向抬起。右手腕套著鐐銬，與旁邊的石柱拴在一起；左手則握著插在木地板上的白色聖劍——不對，是用繩索將她的手緊緊綁在劍柄上。

這幕情景看在黎拉眼中，簡直就是一幅宗教畫。

她感覺到**某種東西**宛如強風驟然騰起。應該是在她看見現在的愛瑪之後，那些黑蟲似的東西便大量湧出。雖然很棘手，但她此刻無暇應付，也沒打算為此移開視線。

「愛瑪！」

喊出名字後，愛瑪的肩膀輕微顫動了一下。

她連抬起頭的力氣都沒有。但既然對自己的名字有反應，便代表她並沒有昏迷。黎拉心中湧現希望。

她踏出一步，準備奔向愛瑪——

「不要……過來……！」

——腳步卻頓住了。

「不行，黎拉小姐……妳不能過來……」

愛瑪緩緩抬起頭。

黎拉並沒有接受她的拒絕，只是移動不了雙腳。

「愛瑪，聽我說，我是來救妳的！」

「不可以！妳會有危險！」

「呃，別擔心，雖然我不太想提這種事，但其實我真的、真的強得要命，不會發生什麼危險的……」

「不是！再這樣下去，我會殺掉妳的！」

愛瑪的眼睛似乎閃耀著淡淡紫光。

啊……原來如此。

這一瞬間，黎拉的精神分成了兩半。

其中一半冷靜地思索起來。綁在愛瑪手上的那把聖劍，恐怕就是其他人所議論的「石笛」。儘管從遠處看不太清楚，但好像已經啟動了。也就是說，席莉爾之前提議用「石笛」讓愛瑪的狀況安定下來的計畫，被敵人搶先一步實行了。

愛瑪之所以在這個情況下喝止黎拉接近，是因為安定下來的她正逐漸轉化為能夠殺掉正規勇者黎拉．亞斯普萊的**工具**。不僅如此，敵人為了實行這件事，恐怕還使用傳說中的墮鬼能力操控她。

至於黎拉的另一半精神，則是冷靜地得出一個結論。那就是，她要把那些害愛瑪變成這副模樣的傢伙殺得片甲不留。

黎拉重新邁開止住的步伐走近愛瑪。

「不行——！」

愛瑪喊道；就在這時——

「哦？」

黎拉側身一閃。

殺氣直撲而來。轉瞬過後，一道人影猛然跳過來將地板踹得四分五裂，地上的雨水大肆飛濺起來。

「……啊……」

在這時候出現了啊，這傢伙。

襲擊者是一名少年。

他單膝跪地，姿勢宛如古時候謁見公主的騎士。隨後他慢慢起身，就這樣垂下空著的雙手擺出側身站姿。

他是準勇者威廉·克梅修。

那雙眼眸顯然寄宿著紫光，她並沒有看錯。

「……我姑且問一下，你聽得到我的聲音嗎？你知道自己在幹嘛嗎？」

即使詢問也得不到回答。

「這樣啊。」

黎拉掰響手指。

「那麼，我也不會手下留情了。」

†

——看來是中大獎了。

納維爾特里・提戈扎可泛起苦笑。

每當雨珠落下，附近的屋頂就會發出悲鳴般的聲響。還有嘩啦嘩啦的水流聲，大概是將雨水引進蓄水池的水渠傳出來的吧。

前方的道路上，站著一名老人。

他的姿勢看起來並不是有意擋路，好像真的就只是站在那裡而已。然而，光從他散發出的氛圍，便能輕易察覺到他是極度險惡的攔路霸。

「淋雨對身體不好喔。還是回屋簷下吧，老先生。」

他開玩笑地向老人如此搭話。

老人的肩膀微微一晃。他正在笑。

「你這傢伙——」

老人嗓音沙啞卻相當清晰。

「——雖然我不曉得你是誰，但你休想登上這前方的舞臺。在我寫的劇本裡，不請自來的臨時演員沒有出場的餘地。」

「說得好像如果我是觀眾就很歡迎似的。」

「你是個明白人嘛。我倒是可以帶你去特等席喔？」

嘴上這麼說，老人渾身卻靜靜釋放著夜霧般的冰冷殺氣。

「……其實我本來就比較擅長待在幕後，沒打算主動登上舞臺。」

「哦？」

「不過，正因如此，我才要做好幕後的工作。」

納維爾特里將佩劍連同劍鞘從腰帶上取下來，然後緩緩拔出。

那不是聖劍，而是他的故鄉沙流聯邦所使用的薄刃曲劍。重量相當輕，純論破壞力遠遠比不上大陸的劍，但要割破衣服、直穿皮肉——單就殺人這個目的而言，沒有任何不足之處。

「老先生，你身上的謎團太多了。留下謎團就是在冒險，而冒險則等同危險。我要摸清你的底細。」

「哈。」

老人的肩膀又一陣晃動。

「好啊，能摸得清就來吧，我可以奉陪。」

說完，他拔出了劍。

那是一把平凡無奇的雙刃短劍。劍身被人刻意抹上髒汙消除光澤，可能是要避免在黑暗中反光。這種劍就是去一般店家出點小錢就買得到的便宜貨，沒辦法藉此判斷老人的真實身分。

「那麼，我就不客氣了！」

劍技會呈現出濃厚的發源地特色。

在納維爾特里的故鄉西高曼德，大地幾乎盡覆沙礫。他在當地繼承的劍術也必然是以纏鬥力高的步法為基礎。如同隨風飄舞的沙塵、地平面上晃蕩的蜃景、寒天中清亮閃耀的北極星，這種招式就像變幻不定的沙漠，輕易就能迷惑對此不熟悉的人。

納維爾特里從老人的死角揮劍襲擊。

傳來鋒刃相互碰撞的聲響及衝擊。

「哦，這倒是棘手。」

老人的語氣聽起來游刃有餘，感佩似的這麼說道。

單純以體格而言，納維爾特里擁有壓倒性的優勢，卻沒辦法靠蠻力致勝。一方面是因為老人的臂力比外表看起來還要強，更重要的是那一身本領讓自己不屈於下風。他僅以劍刃相交處作為支點，便完全壓制住了勁力。

「……老先生，雖然現在才問有點晚了，不過可以請教你的大名嗎？」

在兩劍互抵的姿勢下，納維爾特里問道。

「確實有點晚了呀。我先前已經跟正規勇者小姑娘說過，事到如今我的名字並不值得一提。」

「唔嗯。」

老人硬是蹬地而起，跳到了納維爾特里的背後。兩刃平衡被打破，納維爾特里拉開距離，但代價是老人的劍刃淺淺劃過了他的側腹。

傳來一股搔癢般的痛楚，使得納維爾特里微微皺眉。

「哦？我揮出這一劍本來是打算將你開膛破肚的，你實力很不錯嘛。」

「多謝誇獎。」

他垂下頭，嘴角抽搐起來。

5. 對峙

人類在正常狀態下沒辦法發揮出一切潛能，這是很常聽到的說法。

尤其在戰鬥方面，會對於傷害交手對象產生躊躇，或是太過用力對肌肉造成反作用力，還有出於諸般原因而不自覺抑制住力量等。因此，人在過度的激動和狂熱之下失去正常判斷力之際，就能毫無顧忌地傾盡全力。

威廉・克梅修目前就是這種狀態。

他的表情詭異得出奇，看不出是喜悅還是憤怒，而且眼瞳寄宿著紫光，以反常的速度拖著殘影朝黎拉逼近。他的步伐不帶一絲顧慮和猶豫，黎拉便明白這傢伙將蘊藏的潛力發揮到極限就是這副模樣。

然而——

「……好弱！」

她忍不住這麼喊了出來，但這就是她的真實感想。

並非純粹因為黎拉強得讓威廉望塵莫及，而是他根本和平常一樣，即使拿前幾天的比試來比較也沒什麼威脅性。

單指速度和決斷力的話，現在的威廉並沒有變得多強。仔細想想這也不意外，他很早以前就在貫徹「發揮出肉體的所有潛能！」、「控制好戰場中的精神！」這一類的修行。現在又要進一步發揮潛能也不太可能了。

更何況，威廉作為戰力的優勢，在於他本來就沒有多強。

正因為不強，所以他總是在思考。思考如何變強，以及不強的自己該如何才能獲勝。自己有哪些手牌、目前狀況如何與要怎麼做才能改變戰況。如果不追求最極致的高效率，就會連最低限度的戰果都得不到，他一直活在這種情況下。這種強處比起戰士，更偏向以弱卒的身分在戰場上求勝的軍師。

而現在被他人的激昂意氣所操縱的他，也不再具有這項強處。

從這一刻起，這傢伙就沒什麼值得害怕之處。

（不過……撇開這點不提，好像還是有點不對勁？）

黎拉動作輕盈地閃躲，並觀察著威廉的動作。威廉一直用習慣的動作在攻擊，只不過那些動作沒有一貫性。他照理說已經鍛鍊到身體比思緒動得更快，最起碼應該可以流暢地銜接招式組合才對。

觀察後，黎拉發現了問題所在。所謂的招式組合，本來就是將整體的破綻降到最低。如果其中一招會讓上臂一帶露出破綻，下一招就會遞補上來；而這一招所露出的破綻，再由下一招填補。只要繼續銜接下去，就不容易遭到對手攻破。

然而，威廉現在的動作並非如此。雖然不仔細觀察就看不出來，不過每一招都隱隱約約在同一個位置露出破綻；這也就是說——

「受不了。」

黎拉使出一記手刀，落在那處破綻上。

只見威廉大幅抽搐一下，直接頹然倒地。

然後，再也沒有任何動作。

「你真是個笨蛋。」

這一招只會控制住五感的功能與身體的動作，不會斷絕意識。讓對手動彈不得，同時身陷黑暗掌握不了情況而失去戰鬥能力。這種玩意兒比起戰技，更接近拷問技。

看樣子，縱使被邪視奪走意志，威廉殘存的自我還是選擇了這種戰鬥方式。首先必須被剝奪行動自由，但又不能被奪去意識——也就是說，即使在這種情況下，威廉依然沒有打算放棄戰鬥。

「你真是個笨蛋。」

黎拉又說了一遍，微微垂下眼眸後，再抬起頭。

她的視線前方，當然是被綁在石柱上、手握聖劍的愛瑪——

——有股黏稠感。

那是一種黏著於內心的不明嫌惡感。

（……怎麼回事……）

剛才與威廉交戰之際，究竟發生了什麼事？她是不是錯漏了什麼？或者說，如果這兩個問題都沒有切入要點，那大概就是她直到剛才都一直沒有察覺到什麼吧。

對方被綁在石柱上是事實，握著聖劍也是事實，因此理當沒有懷疑的餘地。然而，這個最簡單、最單純、最不需要懷疑的前提，此刻在黎拉的心中產生了動搖。

那個人，是誰？

†

相隔不遠的觀測塔上。

「唉呀唉呀，每個人的行動都不在我的預期中啊。」

俯視著愛瑪與黎拉等人的情況，埃克哈特·卡拉森有些樂在其中似的發了聲牢騷。

原本負責誘導愛瑪變化的紅衣老人，說了句「我去開道」就一去不復返。愛瑪看起來狀況良好，事情進行得很順利，老人不回來也不是什麼大問題——但少了一起發牢騷的對象還是讓他有些寂寞。

他透過墮鬼的瞳力，交到了眾多如同分身的**朋友**。然而，正因為那些是他的分身，所以沒辦法交談。只能在對方身上再次確認到與自身相同的情緒，再加以增幅。如果目的只在於增幅情緒那還好說，但來到現在這一刻，他沒興趣沉浸在自己的心聲之中。

因此，即使有些寂寞——

「那麼黎拉·亞斯普萊，妳下一步要怎麼走？露希爾的毒恐怕和古靈族的瘴氣同屬一類。光是存在這世上，就會自動將周邊變質為適合自己生存的地形。連當事人的自覺都不需要，是天生的侵略者。」

他將酒一飲而盡。

「要是放著不管，絕對會危害到世界。可不能任其活在這世上啊。」

†

最初幾次過招之下，納維爾特里內心甚至有些激昂。

已經不需要懷疑兩人之間的實力差距。

這個老人是在隱瞞身分的情況下戰鬥。這代表他藏起了勤練到內化為自身一部分的各種術理，以這種狀態來應戰。不僅如此，他光是施展一些平平無奇的尋常招式和動作，就能將納維爾特里．提戈扎可當成孩子戲耍。

不可思議的是，納維爾特里並沒有湧起無力感。他的心情比較像是正在面對一場巨大的沙塵暴。現在該思考如何在遭受襲擊之前逃脫，沒時間傻傻哀嘆自身的無力。

他隔開距離放下劍。

「怎麼，要投降嗎？」

「不，我只是想跟你確認幾件事。」

「嗄？」

「剛才詢問你的名字時，你回答的是『事到如今我的名字並不值得一提』。如果這不是韜光養晦、欺瞞，甚至是謙遜，如同字面意思，一直以來都因為某些原因而無法報上姓名的話……」

「…………哦？」

老人的臉上失去笑意。

「這語氣聽起來，你似乎心中有底啊。我記得教會應該沒有留下紀錄才對啊。」

「被消去之前有人帶了出來。你知道巴利耶瀑布事件嗎？」

「你這傢伙……是聖歌隊的嗎！」

這一瞬間，老人爆發出怒氣。納維爾特里被震懾得右腳跟後退了半步。

「只是下級人員而已。不過，看你這個反應，將古聖劍潔爾梅菲奧帶過來託付給約書亞・埃斯特利德的就是你吧，『盧西歐爾之狼』。」

「雖然我不想被你套話，但現在裝傻也沒有意義了。」

老人在身纏怒氣的情況下深深嘆了口氣。

「不過，不要叫我『狼』。這名字我老早就丟掉了。」

「嗯，我想也是。你以前有過好幾個別名，只是全都存在於過去，沒辦法用來代表現在的你。」

納維爾特里聳了聳肩。

「但若是如此，我就想不通了。你為什麼想要黎拉的性命？你憎恨的對象是全人類吧？況且對你而言，即使不先剷除人類的守護者，牢靠的手段想必要多少有多少才對。」

「哈！一個小夥子說得好像很懂似的！」

納維爾特里這時才發現一件事。

老人已經擺好了架式。他的手腕往內彎，將劍尖藏在手臂後面；而左手的手掌則筆直地伸向前，遮住對手視線的同時，也巧妙地擾亂距離感。

問題在於，這個老人不曉得是何時擺出臨戰態勢的，明明直到剛才都還是稱不上架式的脫力姿勢。納維爾特里並沒有移開視線，甚至緊盯著老人以免錯過任何細微的動作——理應如此才對。

「到此為止了，納命來吧。」

頃刻間——納維爾特里將招數和策略全都拋到了腦後。他不假思索便全力往後一跳。

接著，無聲無風，只有頸部的皮膚傳來被某種利刃掃過的感覺。

鮮血緩緩流進領口。他沒有完全躲開，但勉強沒受到致命傷。

（到目前為止都很順利。這樣他就會優先滅我的口。只要我還活著，他就不會跑去黎拉她們那邊。）

納維爾特里泛起自嘲的笑意。

說來說去，人在從事最棒的工作之際都會帶著笑容。他沒有樂於享受危機的怪癖，所以無論如何都會變成假笑；然而就算如此，還是可以強行讓緊繃的身心和緩下來。

（關鍵是——我能活幾秒呢？）

†

愛瑪．克納雷斯心想，自己彷彿置身夢境。

與此同時，愛瑪．克納雷斯也如此想道——如果這一切都是夢，那不知該有多好。

火焰盤踞於她心中。這團火焰並非源自她本身，而是借來之物。

類似憤怒，類似憎恨，類似欣羨，卻有著根本上的差異。

類似渴望某人的心情，類似想靠近又想遠離的矛盾，卻有著致命性的差異。

亂七八糟，沒有條理，但正因如此，這樣純粹的情緒聚合體才會充滿能量。

雖然視野因此扭曲起來，姑且還是能辨識周遭的情況。

當然也能察覺到黎拉．亞斯普萊正在接近。

她喊了聲「不要過來」。

但無論吶喊多少次、訴說多少次，黎拉依舊沒有停下腳步。

耳邊傳來「啪嚓、啪嚓」的聲響。

周遭這片空蕩蕩的空間出現細微裂痕，可以看到從裡面滲出類似黑霧的東西，而且黑霧還化形為小飛蟲的群體。

——那些當然不是真正的蟲子。

現在的愛瑪能夠理解這一點。

那種東西人類無法理解，原本恐怕只存在於概念上。她們之所以會看見蟲子的樣貌，可能是因為當人們嘗試理解那種東西之際，便會聯想到性質相近的事物。

愛瑪的手臂擅自動了起來。

稍微出力扯了一下，與鐐銬相連的石柱便瞬間破碎，宛如砂礫一般崩落。

她站起身。

然後緩緩拔出劍。本來以愛瑪的臂力和體格而言不可能拿起這把劍，現在卻能輕鬆地握在手中，擺出正面迎擊的架式。

她感覺自己像是被關進大腦中的狹小一角。她確實存在於這裡，也有清晰的意識，卻無法取回身體的主導權。

不行。

不可以做這種事。

即使對自己這麼大喊，也毫無作用。

這份能能燃燒的激情，是對人類的殺意。看不慣人類這支種族成群聚集的模樣。接受不了。總之就是想傷害他們。

為了達到這個目的，最快的捷徑就是將眼前這個——正規勇者黎拉·亞斯普萊——殺掉。光是這麼做，人類這支種族就會一舉邁向滅亡。

黎拉表情悲痛，卻已經舉起了劍。

看到她的動作，愛瑪便安心了。

——妳這孩子真的很沒用。

她突然回想起被這麼叨念的日子。

什麼都做不到，誰也不會對她寄予期待，所以也沒有人需要她。

即使某天突然消失也不會給任何人帶來麻煩，她就是這樣的孩子。

那時候是如此，而現在也未曾改變。

黎拉·亞斯普萊應該會殺掉愛瑪·克納雷斯。

為了守護人類，為了達成自己身為強大守護者的責任與義務。

所以，是的，沒錯。明明這麼想傷害人類、明明這麼想毀滅人類，但她臨死之前，任何一人都殺不了。

因為她始終都很沒用。

在什麼都做不到、什麼都當不成的情況下，就此退場。

†

「黎——拉——小姐。」

那東西發出嘶啞的嗓音。

黎拉重新觀察那副樣貌。

一個帶有生物黏液的翠銀色泥塊以人的姿勢逕行站立著。泥巴不斷往下流動，整體形狀卻沒有變化。

以人類的外表來形容的話，那是一名身材修長的女性。儘管不及納維爾特里，但比還是小孩的黎拉高出將近一顆頭。過腰的長髮看起來很少保養，只不過可能是與生俱來的緣故，單純看那一頭傾洩而下的滑順髮絲會覺得很美。

而這副樣貌，最起碼不是黎拉所認識的愛瑪·克納雷斯。

「求——求求——妳——」

對方手中白色聖劍的劍尖微微震顫著。那並不是因為腕力不足而手抖。古代劍技中偶爾可見這種用來調整間距並牽制對手的動作，屬於熟練的戰士認真準備下殺手的前兆。

「殺了、我──」

這也不是黎拉聽過的愛瑪聲音。

然而，這句話無庸置疑出自她本人的意志。

黎拉緊緊咬住嘴角。咬破的傷口溢出血滴，滑落到下巴上。

彷彿呼應一般，黎拉眼前的**那東西**從眼角溢出看似淚滴的翠銀色水珠，並且滑落到臉頰上。

黎拉衝了出去。

然後揮下手中的劍。

正規勇者擁有的力量超越人類的智慧。他們對人類這支種族而言是最後的堡壘，必須摧毀所有威脅到人類的外因。因此，一旦他們的劍刃揮向人類之敵，就必定要趕盡殺絕。

如果手上是必殺的古聖劍瑟尼歐里斯，那就更不用說了。與其對峙的所有人最終都得喪命。

然而，黎拉現在手上握的是一把沒有作用的無名劍。這把劍連異稟都沒有，完全要依靠使用者的意志來發揮能力。

她感覺到劍在對自己說話。它說：「由妳決定要怎麼做。」

「————！」

劍沒有砍到底。

只觸及到**那東西**的額頭，將一片薄皮——如果那算是皮的話——割開之後就突然靜止下來。

「愛瑪，妳在那裡吧？」

她垂下頭，低喃詢問。

「抱歉，害妳被捲進我這邊的糾紛裡了。實際上，這種事並不稀奇。將目標身邊的對象培養成殺手之類的，在那邊的業界好像是慣用的老招。」

那東西沒有動。

「這種人類規模的惡意，為了謀害我而將我周遭的人一一除掉。所以，其實我不該接近任何人的。但是，我有點鬆懈了。明明以前很清楚這種事不能做。不，直到現在**我也明白**這麼做是不對的。」

靜止的時間結束。

那東西扭動手臂，揮起白色聖劍。黎拉將自己的劍抵上去，藉此錯開這記攻擊的軌道，但沒能澈底錯開。

對方的劍淺淺劃過她的臉頰，一絲紅線在雨中飛舞。

「唉呀！」

黎拉並沒有大意。單純是那東西的劍又快又凌厲，憑黎拉的能耐沒辦法澈底招架住。

「唔，這很危險啊。看來我們現在顯然都陷入危機之中了呢。」

——那麼，要是我下次遇到了危險，妳會來救我嗎？

她想起她們初次見面時隨口閒聊的那番對話。

後來順著愛瑪提起的話題談著談著，就立下了形同小玩笑的口頭約定。

那是朋友之間的約定。

「不好意思，我不能聽妳剛才說的『殺了妳』。畢竟我有重要的約定在先了。」

露希爾・薩克索伊德。

充滿謎團的昔日正規勇者。現在的愛瑪恐怕正逐漸產生變質，完整化身為那個人的模樣。不僅如此，她的情感還遭到墮鬼操縱，依循鬼族的本能對抗著人類及其守護者。

那是足以傷到黎拉的力量，這一點已得到證實。恐怕連殺掉她都有可能。

黎拉笑了笑。

「我按照約定來救妳了——以友情價。」

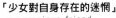

6. 汝是人？

埃克哈特眉頭緊鎖。

雖然是從遠處觀看，但戰況都看得一清二楚。觀戰之下，他發現愛瑪・克納雷斯，不，是露希爾・薩克索伊德的動作有點遲鈍。

說到底，即使重現了露希爾的肉體，內在的精神仍舊是愛瑪・克納雷斯。既然肉體與精神之間相互背離，邪眼也無法像平常一樣發揮作用。因此，他事先動了些簡單的手腳，使其毫不猶豫地與黎拉・亞斯普萊展開交戰。

若是遭到攻擊，那就攻擊回去；若是對方打算殺自己，那就殺回去。這種單純的行動原理任何人都懂，他只是稍加補強而已。儘管如此，或者說正因如此才具有效果。

如果黎拉・亞斯普萊向露希爾・薩克索伊德展露殺意，那個露希爾・薩克索伊德也會以殺意回擊。最後，就是以正規勇者的招數除掉正規勇者。

本該如此才對。

「唔嗯？」

他想詢問這究竟是怎麼回事，但身為智囊的紅衣老人還沒回來。無奈之下，他只能獨自思索這個謎題。

而埃克哈特沒察覺到一件事。

戰場邊緣處直到剛才都還有一道人影，如今卻消失了。

†

準確來說是十七步半。

少年抱著平靜的心情，反覆確認著距離。

如果一定要當作絕招的話，你就要學著靈活運用，根據情況採取最妥當的使用方法。真是的，這番話中肯到無法回擊。而他目前還沒有熟練到那個程度，所以不會強行使用。

吐氣，吸氣，然後停住。

不發出聲響，甚至不帶任何意圖，就這樣稍微傾斜身體。

據說在西方武術中，所謂的力量是流動與停滯的輪迴。若是融入個人的術理與技術，還能頂替從天往地的流動。

這招絕技名為鶖贊崩疾。

不用彎曲膝蓋，不用累積力量，也就是放棄衝刺時本來需要的一切身體操作。不以腳力推動全身，不往下使力，而是單純地往前撲出去。連一眨眼的時間都不用，風從耳邊呼嘯而過。十七步，僅一瞬間就跨越整段距離。他意識到失誤。在這個勢頭下，他會**超出**三步左右。他踏定右腳當作釘子，踩碎以堅固木材拼貼而成的合板地板，碎片飛散到空中，再用同一隻腳當軸心轉動起全身，左手伸到腰間，觸碰佩劍的劍柄，將滑出劍鞘的劍刃舉到眼前。

咚——

†

「——嗄？」

埃克哈特瞪大雙眼。

難以置信的熱燙感灼燒著後背與胸口。他後知後覺地發現這不是熱燙感，而是單純的痛楚。

他往下一看，只見細細的劍刃穿出自己的胸口。

「這……」

霎時，全身的肌肉彷彿生鏽一般無法動彈。他拚盡全身力氣轉過頭去，接著看到了一名黑髮少年。

「——你……是……」

「抱歉，從正面進攻不太方便，只好偷襲了。」

少年氣喘吁吁地說。

「你那招術法的風險未免太高了吧？被你操縱的時候，我一直知道你人在司令塔這裡。無論你的躲法再怎麼周全，遭到背叛的瞬間就會變成這樣。」

「————不……」

不可能。他想這麼說。

不可能會有背叛這種事。

鬼族的衝動不會與人類的精神相融。遭到入侵的對象一定會反抗回去，然後屈服變成名為**朋友**的傀儡。

這種傀儡不會背叛。就算強行斬斷連結，也只會當場失去行動能力。

「……話先說在前頭，我並沒有破除你的術法。或者該問，這玩意兒能破除嗎？」

或許是察覺到了埃克哈特的無聲吶喊，少年布滿急汗的臉龐痛苦地扭曲著，同時這麼回道。

「對人類的反感還深植在心中，我也依然認為你是朋友。所以，唉，我現在罪惡感非常重。」

他說了句「不過呢」又繼續道：

「我本來就不喜歡人類。身體變成不聽使喚的狀態後，一想到你的心情我也不是不能理解，便冷靜了一點。」

——哈。

埃克哈特睜大眼睛。

他終於明白是怎麼回事了。

他怎會忘了？當初自以為是地對這個少年說「你我都抱持著相似的煩惱」的，不正是他自己嗎？對沒能克服的弱點感到焦躁、對強者抱持半是欣羨的徹悟，這些不都是他所認同的相似之處嗎？

墮鬼的邪眼不能將自己變成傀儡。既然如此，若是用在與自己相似的人身上，效果會減弱也不奇怪。

他不曉得有這種事，連想都不曾想過。

從出生的那一刻起，他就注定是人類的敵對者。

在修練與學習中越是了解自己，他就更加體認到無法逃離身為這種生物的現實。

於是他決定昂首挺胸，作為堂堂正正的敵對者活下去。

立定這個決心後，經過了數十年。

最終他所得到的，就是這個教訓。到頭來，他從來沒有好好理解過自己。

愚蠢的小丑將隨著理所應當的下場離開舞臺。

如果肺中空氣足夠的話，他甚至想放聲大笑。

「告訴……我吧……」

埃克哈特吐著血泡，斷斷續續地詢問：

「我是……墮鬼……這件事，你知道嗎……？」

「嗄？」

少年皺眉。

「那是啥？」

他反問了回來。

而這就是答案。

埃克哈特嘴角微揚，然後就這樣斷氣了。

這個男人生為非人之物，以非人之姿活著，最後卻單純作為犯罪的人類遭到討伐，生命就此劃下句點。

7. 因為是朋友（3）

沒有發出聲響。

也沒有出現任何肉眼可見的變化。

若是有旁觀者，想必看不出這一瞬間具有何種意義。然而，身為當事人的愛瑪．克納雷斯，以及正面觀察著愛瑪一切動靜的黎拉．亞斯普萊，都察覺到了那個變化。

束縛著愛瑪精神的鎖鏈，或者說釘進去的楔子，抑或稱為被刻上的烙印消失了。

「……殺了我！」

在身體已經變成其他人的情況下，愛瑪張口如此叫道。

「我停不下來了！再這樣下去，我會把黎拉小姐和大家都殺掉！所以先殺了我吧！」

「誰要殺妳啊，笨蛋！」

黎拉喊了回來。

「我剛剛才講出一番帥氣的發言耶！可別跟我說妳根本沒在聽啊，要再說一遍實在太羞恥了！」

「算了吧，妳就別救我了！快點把我丟進海裡餵魚，這麼做至少還能為世界做出一點貢獻！」

愛瑪胡亂甩動握劍的手。

「妳看，我都變成這種莫名其妙的東西了！」

或許並不是在呼應這聲叫喊，但這時吹起一陣黑風。

破滅的黑色一個勁地狂暴作亂，連飛蟲的形狀都消失了。即使扭身避開直擊，身上各處也都留下了輕微的割傷。

儘管說要救愛瑪，不過接下來才是問題所在。

黎拉想不到具體的方法。

愛瑪的肉體所發生的變質並非兒戲。若要藉由魔法解除，那就必須找齊一定人數的術師舉行相對複雜的儀式。帝都附近的情況暫且不談，在異鄉地區要辦到這一點有多困難自然不在話下。

（……話說回來，為什麼愛瑪會變成這樣？）

開端應該是古聖劍潔爾梅菲奧的影響。那把劍的確切異稟雖然不明，但可以從接觸對象都會強制變成原主露希爾這個現象來做推測。也就是說，設想這個效果在露希爾．薩克索伊德手上獲得完美發揮會如何就好；而這恐怕是——

（將露希爾，變成露希爾。）

——乍看之下似乎毫無意義，但當然並非如此。只要再加上一個條件，就會是令人畏懼的強大力量。

「快躲開！」

由於正在思索事情，黎拉的反應慢了一點——真的只有一點而已。

愛瑪的肉體揮動了聖劍。黎拉判斷自己沒辦法完全躲掉，便用手中的聖劍從正面擋下，卻被壓制住了。她自認力氣即使對上一頭巨龍也不會輸，現在卻感覺自己連同這份自信要一起被擊垮了。

聖劍的劍尖被壓進她的肩膀裡。

旅行衣破裂，皮膚被切開，鮮血滿溢而出。

「黎拉小姐！」

「啊……這下是真的危險了呢……」

她一邊悠哉地發牢騷，一邊動腦思考。實際上不能再束手無策地繼續落居下風，必須趕快找到一線生機——

（……啊。）

她找到生機了。

那就在砍進她肩膀的劍刃之中。

（可行嗎？……不，現在不是猶豫的時候。）

「黎拉小姐，流、流血了……」

「愛瑪，聽我說！」

黎拉痛苦扭曲的臉龐換上無懼的笑容，並且對愛瑪說：

「此刻妳手上拿的那把劍是聖劍。我猜它的異稟應該是『變回狀態萬全的自己』之類的吧。」

「咦……」

延續剛才的思維。假設潔爾梅菲奧的正確異稟是「將使用者變成健全狀態的露希爾」的話，由此引發的各種災害，以及露希爾是如何運用這把劍戰鬥的問題，就全部都解釋得通了。

而愛瑪目前拿在手上的劍是仿製品，發動相似異稟的可能性絕對不低。

「露希爾‧薩克索伊德能控制那把劍，但妳沒辦法。所以將那把劍握在手上之後，妳的身體就開始逐漸被露希爾取代。」

「咦，露希……咦，那是誰……」

「這樣的話，只要妳本身控制得了那股力量，妳就能恢復原狀。」

「突然……這麼說，我也沒辦法……」

「別擔心，我會幫妳。」

聖劍這種裝置是用來增幅使用者催發的魔力——這是根深蒂固的認知。不過這個描述並不精準。聖劍確實具有增幅的功能，但規模會隨著接觸的對手強度和威脅度發生變化。

對上強敵之際，增幅的作用會變強。若對手被設定為高度敵意等級，那就會更加猛烈。聖劍的功能會大幅受到戰鬥對象所影響。

因此，現在被劍刃砍中的黎拉，或許可以對愛瑪手中那把聖劍進行干涉。

當然，這並不是正當的做法，而是荒唐得離譜的蠻橫行為，甚至連祕招都完全稱不上。但既然有這個可能性，那就值得賭一把。

——要是黎拉現在拿在手中的是瑟尼歐里斯，不，只要是任何一把正常的聖劍，這個可能性便不會存在。正因為這是一把沒有異稟的自由之劍，才不會妨礙到黎拉靈機一動之下的蠻橫行為。這把劍會毫不留情地撇清關係，由她恣意選擇想要的未來。

黎拉靜靜地重新催發魔力，順便讓魔力在體內緩緩循環。

白色聖劍的劍身發出強烈的光芒。

她謹慎地引導魔力的流動，讓異稟顯現出來。

想當然耳，這個過程還會讓劍刃的威力逐漸增強。沒入傷口的劍刃逐漸加深，痛得不得了。

「黎拉小姐。」

「——快想起來。妳原本是誰？」

她喊道。

「太難了。我、我……」

「以後的事情也可以。以後的自己，嚮往的自己。」

「以後……」

頂著露希爾的臉，愛瑪淺淺一笑。

「以後……黎拉小姐也願意繼續和我當朋友嗎？」

「這是當然的啊。」

「那麼……嗯，這樣的話，我想到一個未來的目標了。」

愛瑪閉上眼睛。

「下次黎拉小姐遇到危險的時候，我會去救妳——以友情價。」

「哈哈。」黎拉回以一笑。「嗯，說得也是，那就拜託妳了。我會不抱期待地等妳來救我——」

黑風的勢頭衰弱下來。

愛瑪手中聖劍的威懾力減退，漸漸變成單純的金屬塊。

「——愛瑪？」

沒有回應。

結束只在一瞬間。聖劍失去光芒，黑風彷彿從來不存在似的消失了，連雨勢也不知何時停了下來，然後——

愛瑪當場倒地不起。

她依然是那副遭到變異的修長女性外貌，唯獨失去了意識。

「愛瑪！」

即使呼喊她的名字、輕拍她的臉頰，她也沒有再醒來。

這一切本來就很無理魯莽。

聖劍只有被選上的人才能使用。即使將已經啟動的聖劍拿在手上，要愛瑪控制住也是無稽之談。

再加上，那把劍的關鍵異稟「變回狀態萬全的自己」是反覆臆測的胡亂瞎猜。就算仰仗這個推測傾注全力，得到理想成果的可能性也低得近乎為零。

因此，這樣的結局其實並不算那麼殘酷。

若是不這麼說服自己接受，她就無法振作起來。

黎拉．亞斯普萊的人生本來就伴隨著無數別離。而現在又多了一次，僅此而已。理當僅此而已。

「————呿，竟敢搞砸我的好事。」

黎拉回頭一看，發現那個紅袍老人站在那裡。

「我至今做的一切安排都泡湯了啊。妳知道我花了幾年做準備嗎？」

「關我什麼事。」她用平靜冷淡的語調回應。「你要是不願就此罷休，我可以奉陪喔。我現在非常想把滿腔怒火發洩到別人身上。」

「我才不要和妳打，真是的。要是我出手就能直接解決事情的話，打從一開始就會這麼做了。」

老人走過來，身上沒散發敵意和殺意。他站在愛瑪旁邊，然後蹲了下來。

「這是什麼結果？」

「看就知道了吧？愛瑪沒有變回去。如你所見，她也沒有醒過來。你們的企圖或許沒有得逞，但我們也沒有贏。」

「啥？」

老人探頭盯著愛瑪的臉龐。

「不是還活著嗎？」

「……咦？」

「雖然是異形，但還活著，而且想必有朝一日會醒來。這樣還說『沒有贏』，妳過去至今的人生到底都贏得多輕鬆、笑得多暢快啊？」

老人一臉無趣地說著冷言冷語。

不過，儘管原因不明，聽起來似乎也像是在激勵黎拉。

「算了，既然這裡沒戲唱，我就朝下一步前進吧。」

老人站起來，轉身背對黎拉。

她朝那破綻百出的背影問道：

「所以你到底是誰？」

「這可不好說。反正妳我運氣都差得要命，總有一天會再碰頭吧。到時候我會好好懸掛起我的旗幟。」

留下這句話，老人的身姿彷彿隨風消融一般驟然消失。

黎拉在原地注視著什麼都不剩的虛空。不過沒過多久，她便抱起愛瑪重新站了起來。

†

到頭來，黎拉在這一連串事件中所受的傷並沒有很嚴重，稍微治療後就回到原本的生活了。

席莉爾也一樣，經過幾天的療養後，身體逐漸恢復，便像之前一樣回來（明明不用回來）擔任正規勇者的監督人。

威廉和納維爾特里兩人雖然活下來了，不過都受了傷且耗盡氣力，所以接下來要在施療院的病床上休養一陣子。他們本來是被派來幫忙海蛇祭的，但由於擔任窗口的卡拉森事務所完全停止運作，這件事便不了了之。

而艾德蘭朵則在身體能夠活動之後便立即窩進工房裡，忘我地沉迷在聖劍的調整和鍛造之中。即使醫生多次訓斥她不要勉強自己，她也完全聽不進去，導致一度直接病倒而臥床不起，但無論如何，黎拉等人原本造訪這個國家的目的——瑟尼歐里斯的調整作業也因此進展得非常順利。

再來——說到愛瑪．克納雷斯。

直到黎拉等人達成目的離開巴傑菲德爾的那天，她都未曾醒來過。

X・古老怪物的心願（3）

這是很久很久以前的故事。

忘記自己是誰的怪物化身人類的樣貌、冒用人類的名字，與騎士一起度過每一天——

然後，這段日子迎來了終結。

†

護身符的數量不斷增加。

偽造嗓音的護身符、偽造膚色的護身符、偽造腳步聲的護身符。

那個怪物身上充滿各種偽裝，持續作為人類而活。用之前告訴騎士的名字，維持著露希爾・**潔爾梅菲奧**這名少女的身分。

這本來就很勉強。而太過勉強的事情總會在突然間輕易崩壞。

當護符數量增加到五十三塊的那天，附近的小孩子興起惡作劇之心，將一塊護符藏了起來。對**牠**而言，這就是所謂的終結之刻。

宛如膨脹到極限的氣球被刺了一針。用五十三塊護符才總算束縛住的本性，因承受不住由內而外的壓力，輕易地迸發出來。而後，壓抑至今的怪物本能及衝動，化為大量黑色飛蟲一湧而出。

怪物強撐著最後一絲理性衝出城市，打算逃到人煙稀少的地方。

——回神之際，一切都太遲了。

天空混濁漆黑。

周遭是蒼翠茂盛的森林。雖然和令人懷念的故鄉森林十分相似，不過並不是同一座森林。本性跑出來的**牠**在這裡，光是這個原因，這片原本有著不同樣貌的土地就變成了這副景象。

牠的腳邊躺著那名騎士。

他的胸口被穿出一個大洞。

牠想起來了。這個傷，是自己造成的。

同時也意識到，這個傷已經回天乏術。

「啊……啊、啊……」

即使不記得，**牠**也明白發生了何事。

這個騎士是為了守護人類而戰，而現在的**牠**是對人類有威脅的怪物。因此，騎士來這裡是為了討伐**牠**，然後被反殺了。

『哈哈……原來是妳啊……』

騎士嗚噎著吐出血塊，以溫柔的嗓音說道：

『我也真是遲鈍……怎麼就沒發現呢……』

用不著問騎士在說哪件事。那自然是指他長久以來始終難忘的水精。

不對。怪物用力搖搖頭。**牠**並不是水精。更別說**牠**根本沒資格在騎士的美好回憶中占有一席之地。

『哈哈……確實不是什麼絕世美女呢……但是……』

他伸出手。

觸碰了**牠**的臉頰。

『終於見到妳了……總算能說出這聲感謝。謝謝妳當時的救命之恩，水泉少女。』

這就是這名騎士——

迪歐涅騎士國建國之祖——阿貝爾·繆凱勒的臨終遺言。

牠咆哮著、吶喊著、慟泣著、嚎叫著、哭喊著。

為什麼？為何會變成這種慘況？

這個問題的答案很簡單。連抱持疑問都顯得可笑。

那是因為一頭怪物妄想與人類相伴並行。明知這是不被容許的事，也知道沒辦法持續太久，怪物卻不願抽身，於是隨著時光不斷流逝，一步一步地走到了這個結局。

既然如此，要受到懲罰的不該是**牠**自己嗎？

這個騎士是很重要的人物。這個世界還需要他。儘管如此，為何他必須喪命於此？為何非得迎來這種結局不可？

如暴風雨一般的悲嘆，最終也消停了。

牠彷彿死屍似的當場蹲伏下來。再也不想去任何地方，也不想做任何事情。倒不如說期望著自己能夠真的就這樣死去。

牠發現了一封信。

騎士帶在身上的這封信，收件人寫著「致親愛的露希爾」。

牠慢吞吞地拆信瀏覽內容。

這是旅行的邀約。騎士說自己要去遙遠的薩克索伊德子爵的領地，便詢問露希爾是否願意同行。還說可以一起欣賞遙遠外地的景緻，享受微風的吹拂，寄情於更遙遠的地方。

是的，這封信寫的是未來。

牠──那隻怪物，用毫無情緒的眼神望著信上的內容。

接著，**牠**緩緩站起身，走動了起來。

牠將散落在周圍的護符一一撿起。連同引發騷亂的那塊護符在內，收齊全部五十三塊護符。

然後，**牠**逐一吞下這些護符。

原本只是想待在他身邊。

如果可能的話，也想追著他的背影，前往同一處場所。

然而，他的背影已經不在了。

所以，至少讓自己踏上他本該踏上的道路，欣賞他本該欣賞的景色，感受他本該感受的微風；再來……沒錯，討伐他本該討伐的敵人，守護他本該守護的事物。

只要這麼做，或許就能在某個地方重新找回他的背影。

這並不是贖罪。而是心靈醜惡的怪物所懷抱的難堪私慾。

將所有護符都吞進胃裡後，怪物的身體發出淡淡光芒。

當那陣光芒平息下來時，便見一名仰望天空的裸身少女站在那裡。

原本只是想待在他身邊。

原本只是想成為能待在他身邊的人。

因此，從現在開始——直到有朝一日在遠方與他重逢時，希望自己能夠笑著迎接他的笑容。縱使知道這是不可能的事，依舊想如此盼望下去。

將這個願望盡收心底之後，少女踏出步伐。

那是很久很久以前的故事。

然而，這個軼聞傳說並沒有提到任何後續。

†

讚光教會僅存的少數紀錄如此記述——

在正規勇者阿貝爾．繆凱勒死後將近十年光陰過去，一名新人被任命為正規勇者。那是名門薩克索伊德家族的養女，擁有令人聯想到阿貝爾的超強實力，在各地的戰役中立下不亞於他的輝煌戰功。

而她握在手上的，是後世相傳與瑟尼歐里斯齊名的古聖劍潔爾梅菲奧。不過，這把劍究竟從何而來、如何到她手上，這些詳情無人知曉。

有人提倡露希爾與潔爾梅菲奧是同一存在，那把劍的原形是讓露希爾得以成為露希爾的誓約。但謎團重重的她身上總圍繞著諸多謠言，這個說法也被視為其一而未受重視。

「跨越終結之日」

-flipped card-

「妳在想什麼？」

聽到這個問題，艾德蘭朵．埃斯特利德睜開雙眼。

在想什麼？她覺得這很難回答——也就是說，她其實並沒有在思考什麼具體的事情。

如果非要回答的話，就這麼說吧。

「——我想起了以前的事情。」

應該是這樣吧。彷彿擺盪於淺眠之中，模模糊糊地翻尋記憶，思及那段懷念的日子。

「以前嗎？」

「對，黎拉和妳扛著瑟尼歐里斯來找我的時候。」

「哦哦……」

提問的席莉爾．萊特納稍微抬起視線，臉上依然是那張陰沉的表情，沒有絲毫變化。

她沉默了一會兒，大概是在追憶往事。

「距離那時候已經過了兩年了啊。」

「不知該說已經過了兩年，還是才過了兩年。對時間的流動沒什麼感覺。」

「沒錯。」

席莉爾無奈似的微微聳聳肩。

（那時候真的沒想到會有這樣的未來。）

回憶過去也是一種娛樂。

沉浸於回憶之際，便能夠暫時逃避眼前的現實。雖然回憶再久也無益於改變現狀，但一日開始就難以停下來。

然而……假如順利的話，還是可以拾獲一絲小小的幸福，並因此得到面對當前問題的動力。

黎拉．亞斯普萊離開了。

她揮別夥伴們，驅散席莉爾的光鴿，獨自去找星神。

最後與黎拉說到話的人是席莉爾，而席莉爾說她似乎不打算回來了。艾德蘭朵也如此認為。這確實很符合黎拉的思維。

這份決意令人寂寞且悲傷。

但是，除了接受之外別無他法。

畢竟相較於兩年前巴傑菲德爾尚未沉沒的時候，一切都已然不同了。

「話說回來，那把聖劍，是叫『石笛』嗎？那個究竟怎麼樣了？」

「嗯？妳說拉琵登希比爾斯？」

艾德蘭朵一邊朝盤子裡的餅乾伸出手一邊反問。

「哦哦——說來是取了這麼一個名字啊。」

「那把劍的話，重新調整後就交給讚光教會了。最後好像給納維爾特里用了吧。」

「不留在手邊沒關係嗎？」

「現在又不是封存戰力的時代了，就算留在我這裡也派不上用場啊。」

咬了口餅乾後，艾德蘭朵皺起眉來。這不是她預期中的味道。薑味太重了，與其說是糕點，更像是某種藥物。

「這……確實沒錯。」

「瓦爾卡里斯也一起送去教會了，不過那把劍的規格太高，找不到能夠使用的準勇者。啊，就是黎拉那時候用的那把劍。」

「已經上過戰場，但最終還是被封藏起來了嗎？真是令人高興不起來呢。」

「對於武器商人來說，這種事倒是還滿常發生的。確實是高興不起來。」

艾德蘭朵聳肩。

耳邊傳來了敲門聲。

兩人互看彼此一眼。現在夜已深，沒有預定接見訪客。能想得到的，大概是駐紮在這座里斯提市的帝國軍來傳報命令吧。可能是前往最前線的黎拉等人出了什麼事，或是來自帝都的後援發生了什麼問題。

感覺上都不是聽了會高興的事情，但也不能漏掉這些消息。

她們對彼此點點頭，做好心理準備。

艾德蘭朵從座位站起來，並且走向門口。

她握住門把轉動一下，接著打開門。風聲咻咻地鑽了進來。

有貓。

「咦？」

不對。正確來說，是有一個穿著長袍的人，頭上和肩上站著好幾隻貓。

那個人很高。艾德蘭朵絕對稱不上嬌小，但也要稍微抬起頭來。對方將兜帽拉得很低，以致於看不清長相。

貓咪發出喵叫聲。

「呃，抱歉深夜打擾。好久不見了。」

那個人彎腰鞠躬，貓咪撲通撲通地掉到地上。

對方脫掉原本被壓住的兜帽。而從底下露出的，是泛著鮮豔翠銀色光澤的長髮及閃耀著相同顏色的雙眸。這個色彩和容貌，艾德蘭朵都有印象。

「咦……呃……咦、咦？」

「啊，對不起，妳不記得了吧，兩年前我曾經受到埃斯特利德小姐的照顧。然後，我聽說席莉爾小姐也在這裡。」

艾德蘭朵的嘴巴不斷一張一合。

明明想說些什麼，明明必須說些什麼，卻偏偏說不出話來。

「聽說黎拉小姐遇到了麻煩，我想說自己或許可以幫上什麼忙，所以就趕過來了。不過我直到前陣子都還在沉睡，大概也辦不到什麼事。啊，忘了先自我介紹，我是愛瑪．克納雷——」

艾德蘭朵沒讓對方把話說完。

而她自己也什麼都沒說，就這樣緊緊抱住眼前這名女子。

「呀哇！」

貓咪四散而逃。女子感到不知所措，但艾德蘭朵不管她，手臂圈得更緊。

席莉爾面帶疑惑地站起來走到門口。接著，她不發一語地僵在原地，嘴巴愣愣地一張一合。

黎拉・亞斯普萊——

這名失去正規勇者的稱號、**最終只剩黎拉這個名字的少女**，由納維爾特里・提戈扎可親自從死地裡帶回來的時候，已經是七天後的事。

後記

世界終有一日將邁向終結，自己的道路終有一日將遭到封阻。然而，這不能當作現在停下腳步的理由。他們今日依然昂首挺胸地站在即將毀滅的小小箱庭上——

大概是用這樣的感覺為各位獻上《末日時在做什麼？有沒有空？可以來拯救嗎？》（以下簡稱末日時）系列全五集與外傳一集，以及《末日時在做什麼？能不能再見一面？》系列目前八集與後續集數，由角川Sneaker文庫好評發售中。

接下來，讓各位久等了。

這次獻上的是異傳系列第二集，背景是比懸浮大陸群飄於空中還要久遠的時代，描寫「最強勇者」黎拉・亞斯普萊跌跌撞撞，更正，是各種精彩的表現。

第二集，也就是所謂的續集。

讀過正傳的讀者們或許已經發現了，我就直接招認吧，第一集有稍微提到但沒有寫清楚的各種伏筆，全都塞進這集了。

像是那把劍和那把劍，其實本來想寫在第一集，但感覺會把故事弄得很混亂，我就拿掉了。我認為這是正確的決定，只是又覺得已經埋進故事裡的各種伏筆就這樣作廢很可惜，於是就一鼓作氣地塞進這次的續集裡了……

……嗯，結果內容好像比預期得稍微多了一點。

總之這集就是這樣的感覺。如同第一集，沒看過正傳系列也不影響閱讀，但若是多了解一點未來所發生的事，即使只有動畫的範圍也可以，閱讀起來就會更有樂趣。

依照慣例，為了在閱讀正文前先來看後記的讀者們，我要在這裡爆個雷，那就是少年威廉會在具有包容力的年長女性面前感到手足無措。

寫這篇後記的時候，這個世界正面臨各種動盪不安。我衷心盼望這本書送到各位讀者手上之際，情況能稍微好轉一些。

那麼，但願我們能再度於那片令人懷念的天空之下相見。

二〇二〇年　春

枯野　瑛

Kadokawa Light Novels

末日時在做什麼？有沒有空？可以來拯救嗎？EX

Kadokawa Fantastic Novels

作者：枯野 瑛　插畫：ue

《末日時在做什麼？》第一部的外傳故事登場。

妖精菈琪旭捧著《聖劍》瑟尼歐里斯陷入遐想——正規勇者黎拉、準勇者威廉平日的生活既荒唐又多采多姿；那是稍早前發生的事。註定赴死的成體妖精兵珂朵莉，以及二等咒器技官威廉。受思慕的每一分每一秒，都將成為他們倆難以忘懷的夢。

台灣角川

NT$210/HK$65

國家圖書館出版品預行編目資料

末日時在做什麼？異傳 ： 黎拉・亞斯普萊 / 枯野瑛作 ; Linca 譯 . -- 初版 . -- 臺北市 : 臺灣角川股份有限公司 , 2021.07- 冊 ; 公分 譯自 : 終末なにしてますか？異伝 : リーリァ・アスプレイ ISBN 978-986-524-628-0(第 2 冊 : 平裝) 861.57 110008389

Kadokawa
Fantastic
Novels

末日時在做什麼？異傳 黎拉・亞斯普萊 2

（原著名：終末なにしてますか？異伝　リーリア・アスプレイ 2）

2021年9月27日　初版第1刷發行
2024年5月30日　初版第2刷發行

作　　者：枯野瑛
插　　畫：ue
譯　　者：Linca

發 行 人：台灣角川股份有限公司
總　　監：呂慧君
總 編 輯：蔡佩芬
主　　編：林秀儒
編　　輯：彭曉凡
設計指導：陳晞叡
美術設計：李思穎
印　　務：李明修（主任）、張加恩（主任）、張凱棋、潘尚琪

發 行 所：台灣角川股份有限公司
地　　址：104台北市中山區松江路223號3樓
電　　話：（02）2515-3000
傳　　真：（02）2515-0033
網　　址：www.kadokawa.com.tw
劃撥帳戶：台灣角川股份有限公司
劃撥帳號：19487412
法律顧問：有澤法律事務所
製　　版：巨茂科技印刷有限公司
ISBN：978-986-524-628-0